D1356212

Il ragazzo fantasma

titolo originale: *The Ghost behind the Wall*
prima pubblicazione 2000, Andersen Press Limited, Londra
© 2000 Melvin Burgess
tutti i diritti sono riservati

© 2011 bohem press Italia, Trieste, per l'edizione italiana
ISBN 978-88-95818-39-9
www.bohempress.it

progetto grafico: AaVascotto - Gorizia

Melvin Burgess

Il ragazzo fantasma

traduzione di Chiara Gandolfi

illustrazioni di Federico Appel

❀ bohem**racconta**

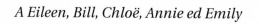

A Eileen, Bill, Chloë, Annie ed Emily

Il ragazzo fantasma

Mahogany Villas

Si chiamava David ed era un tipo tosto, un duro: era alto un metro e un tappo e aveva dodici anni. Lo chiamavano anche Straccetto, Mezzacalzetta, Nano: di solito riusciva a ignorare questi nomignoli, ma una volta ogni tanto si infuriava e rischiava di ammazzare qualcuno.

Abitava con il suo papà in un grande caseggiato di mattoni rossi chiamato Mahogany Villas, di dieci piani, dotato di un ascensore sferragliante con le porte di ottone. I lunghi corridoi erano dipinti color crema e marrone e le piastrelle verde smorto dei pavimenti erano consunte. Puzzava di sigari e vernice, ed era l'ultimo posto dove ci si sarebbe aspettati di trovare un fantasma. Un martedí pomeriggio David, che era a casa da solo perché suo papà rientrava tardi, scoprí che si potevano oltrepassare i muri.

Stava guardando la tele, seduto su una sedia in soggiorno, quando qualcosa cadde nella stanza: un pezzetto di carta. David lo vide con la coda dell'occhio: era arrivato da dietro ed era atterrato sul tappeto. Si spaventò: da dove veniva? Si guardò intorno, ma non c'era nessuno. Non si vedeva altro che la grata del sistema di ventilazione fissata al muro.

David la osservò: non l'aveva mai presa in considerazione, aveva sempre dato per scontato che ci fosse. Ora si fermò a pensare: dove conduceva? Cosa c'era lí *dietro*?

Spinse il divano contro il muro e ci si arrampicò per dare un'occhiata: dietro era buio, buio pesto, ma si rese immediatamente conto che, volendo, avrebbe potuto entrarci. Ovviamente non voleva. Perché uno dovrebbe aver voglia di strisciare come un ratto nella pancia di un vecchio edificio? Ma David era contento che la grata fosse ben avvitata al muro, perché ciò significava che nessuno sarebbe potuto entrare, nemmeno se avesse voluto. Poi si accorse con orrore che non lo era affatto: era solo l'intelaiatura di metallo a essere fissata al muro, e la grata ci scorreva dentro.

David la spinse; quella scivolò fuori con un rumore metallico, e lui si ritrovò a scrutare il cuore nero di Mahogany Villas. Il cuore gli balzò nel petto: sapeva che non avrebbe saputo resistere.

Era sempre cosí: se c'era qualcosa di pericoloso David doveva farlo. Per esempio, ogni volta che riceveva un giocattolo nuovo che gli piaceva particolarmente, lo teneva fra le dita e lo faceva dondolare fuori dalla finestra del quarto piano, dove abitava. Poi, allentava gradualmente la presa. Non voleva lasciarlo andare: il gioco consisteva nel riafferrarlo all'ultimo momento, proprio quando stava per cadere. La maggior parte delle volte funzionava, ma ogni tanto il prezioso oggetto gli sfuggiva, precipitando per quattro piani per poi schiantarsi a terra.

Aveva perso un sacco di giocattoli in questo modo. Lo faceva anche in macchina: teneva la sua cosa preferita fra le dita fuori dal finestrino, in mezzo alla corrente d'aria, finché il vento non gliela strappava di mano portandogliela via. L'aveva fatto con robot, libri, giochi per il computer, soldi, foto della mamma, biglie, tazze, occhiali del papà. Con la sua vita non aveva ancora giocato, però...

L'idea lo colpí: la sua vita? Non poteva esserci nulla di cosí pericoloso lí dentro, o forse sí?

– Sono solo tubi di metallo, – si disse. Una volta servivano per l'aria condizionata, ma erano anni che questa non funzionava. Perché mai avrebbe dovuto farsi del male nel condotto di aerazione? E tuttavia... chissà cosa c'era al suo interno? Buche in cui precipitare, spuntoni di metallo, qualsiasi cosa. Avrebbe potuto rimanere incastrato e morire di fame: ma non erano queste le sue paure peggiori. Il problema vero era che David era sicuro che i cunicoli non fossero disabitati.

Mentre fissava l'oscurità unticcia e polverosa del buco che si apriva nel muro, riusciva perfettamente a immaginarsi una voce gelida e sibilante che si faceva strada verso di lui tra i cunicoli: era fatta di ragnatele, tenebre, polvere e paura, e si rivolgeva direttamente a lui.

– Vieni dentro, – diceva. – È spaventoso qui. Dai, vieni dentro! Non hai paura, vero? Presto ne avrai, credimi...

David immaginò che il fantasma di Mahogany Villas venisse su dai meandri piú profondi del sistema di ventilazione, riempiendo i cunicoli come se fosse d'acqua, per salire sempre di piú fin dove era lui adesso.

Scosse la testa. Che stupidata! Era solo buio, punto. Ma era molto buio, e anche la specie di buio piú spaventosa in assoluto.

– Non ho paura, – sussurrò David tra sé e sé.

Scese dal divano e andò in cucina a prendere la pila dal cassetto. Poi si arrampicò di nuovo e puntò la luce nel cunicolo: le uniche cose che si vedevano erano la polvere e le giunture dei tubi. Nessuna voce, nessun fantasma. Aveva ancora paura. Però s'infilò dentro.

La polvere era appiccicosa – fatto piuttosto sgradevole – ma alla luce della pila le cose miglioravano. Promise a se stesso che non sarebbe andato troppo lontano. Solo fino al punto in cui era visibile il riquadro di luce dietro di lui, che portava senza alcun dubbio al suo appartamento.

Si spinse un po' avanti sui gomiti. Faceva paura, ma era anche una bella sensazione: era il suo segreto. Si fermò un attimo, con i piedi che ancora penzolavano nel soggiorno, prima di darsi un'altra spinta e scomparire del tutto nel tunnel.

Almeno era sicuro che niente potesse attaccarlo alle spalle! Dal suo appartamento non sarebbe arrivato nessuno.

David avanzò strisciando per un metro, poi un altro pezzetto, e un altro ancora, poi improvvisamente gli mancò l'appoggio e si ritrovò a guardare giú in un buco, una voragine spaventosa che si apriva su un'oscurità surreale e senza fine. Per un pelo non c'era caduto! Era un altro tubo, verticale, piú grande di quello in cui si trovava. Scendeva a piombo ben oltre la portata del fascio della torcia: sussultò e fu percorso da un brivido di terrore. Il baratro lo atterriva, ma non aveva scelta: tenendo la torcia con la punta delle dita cominciò a farla dondolare nel vuoto. Allentò la presa. La pila oscillava fra le sue dita. Sarebbe stato tremendo rimanere lí dentro senza luce!

Allentò ancora la presa, sempre di piú... poi scosse la testa e riafferrò la pila prima che gli scivolasse via.

Sotto di lui, il tubo scendeva fino in cantina, mentre sopra di lui saliva per gli altri cinque piani di Mahogany Villas. A destra e a sinistra si aprivano altri due rami che conducevano ad altrettanti appartamenti del quarto piano. Voleva dire che i cunicoli potevano portarlo ovunque volesse all'interno di Mahogany Villas. Avrebbe potuto intrufolarsi negli appartamenti degli altri, e rubare. Il ladro dell'oscurità. Avrebbe potuto ascoltare quello che dicevano, e spiarli, e scoprire le loro intimità.

– Il mio segreto, – disse David con voce da fantasma. – La mia oscurità. Il mio potere, – dichiarò ad alta voce. Potere! Che bello avere tutti gli inquilini di Mahogany Villas nelle sue mani!

Un'improvvisa fitta di terrore lo fece strisciare all'indietro piú veloce che poteva per uscire dalle tubature, senza voltarsi. Proseguí spingendosi finché le sue gambe non rispuntarono nel soggiorno, poi con un ultimo sforzo uscí dal tunnel appiccicoso e atterrò in piedi sul divano. Orribile! Quel posto gli aveva fatto venire i brividi. Poi rotolò sul divano che si macchiò di nero dappertutto, visto lo sporco che si era appiccicato ai vestiti. Doveva assolutamente lavarsi le mani e pulire tutto prima che tornasse il papà.

La mamma di David, anni prima, aveva lasciato lui e il papà, Terry, per un lavoro che le era stato offerto da un suo cugino in South Carolina, USA. David e suo marito avrebbero dovuto raggiungerla nel giro di un mese o due, dopo la sua prima sistemazione.

Entrambi non vedevano l'ora di partire, ma lei continuava a rimandare; prima non riusciva a trovare un posto dove abitare tutti insieme, poi aveva perso il lavoro e doveva trovarne un altro. Alla fine aveva confessato che si era innamorata di un altro e che non le andava piú di vivere con Terry.

Tuttavia, voleva ancora che David la raggiungesse, e lui sarebbe stato felice di partire, ma il papà non l'aveva lasciato andare. La South Carolina era cosí lontana che non si sarebbero piú rivisti. David era infuriato con il papà per non avergli permesso di andare, ma ancora piú infuriato con la mamma per averlo abbandonato. Perché non era tornata a prenderlo? Se davvero avesse voluto, avrebbe potuto farlo; anzi, avrebbe dovuto farlo, se gli voleva bene sul serio. Si chiamava Topsy, e gli mandava vestiti, giocattoli e soldi americani tre o quattro volte all'anno.

Terry, il papà, faceva l'ottico. Quando la gente gli chiedeva come mai non si risposava, sorridendo rispondeva che era troppo brutto, ma che stava lavorando in segreto a un nuovo paio di occhiali, con lenti rosa, che avevano il potere di far innamorare istantaneamente di lui qualunque donna li indossasse.

– E cosí avrò l'imbarazzo della scelta, – diceva, schioccando le labbra come se stesse per mangiare qualcosa di buono.

La verità era che il papà di David era timido.

Ogni tanto i clienti tentavano di avviare una conversazione con lui, mentre misurava la vista, ma lui non sapeva mai cosa dire. Si limitava a bofonchiare qualcosa andando avanti col suo lavoro, oppure tentava di sorridere e rispondere, ma finiva sempre per dire qualcosa di sbagliato, e tutti si imbarazzavano e si pentivano di aver aperto bocca.

Terry ci metteva una vita a conoscere le persone, ma una volta che diventava amico di qualcuno si affezionava davvero, e se capitava che per qualche motivo si dovessero separare gli si spezzava il cuore. Era stato cosí quando sua moglie l'aveva lasciato. E succedeva ogni volta che David gli diceva di voler andare a vivere con la mamma – cosa che all'inizio ripeteva almeno sei volte a settimana.

David era tutto per lui, però lui non era molto bravo a dimostrargli quanto gli volesse bene, e non faceva altro che preoccuparsi e urlare, preoccuparsi e urlare, tutto il tempo. David ormai si era abituato all'idea che non sarebbe mai tornato a vivere con la mamma, e da quando lei se n'era andata si era messo sempre piú nei guai, a scuola.

Quando Terry tornò a casa, quella sera, vide che i vestiti di David erano coperti di una polvere unticcia e disgustosa. – Cos'hai combinato? – gli chiese.

– Non lo so, – mentí David. Si era lavato le mani, la faccia e aveva pulito il divano, ma si era completamente dimenticato dei vestiti. Alla fine, per accontentare il papà che insisteva per avere una spiegazione, si inventò che si era rotolato in un bidone delle immondizie. Lo stupí il fatto che suo padre gli credesse.

Dopo cena, per punizione, dovette lavare i piatti.

Alla scoperta dei cunicoli

David cominciò a sognare una vita segreta nei cunicoli.

Quante persone avrebbe potuto spiare! Avrebbe avuto modo di ascoltare quello che dicevano e guardare cosa facevano, a loro insaputa. Scoprire i segreti dei suoi vicini. E anche smascherare ladri, falsari e assassini. Sarebbe potuto diventare un eroe. Chissà quanti abitanti di Mahogany Villas erano criminali e fingevano di condurre una vita tranquilla e rispettabile, mentre in realtà stampavano banconote da venti sterline o tenevano bambini rapiti e gioielli rubati nei loro soggiorni! Oppure sarebbe potuto entrare nei loro appartamenti e rubare qualsiasi cosa, senza che loro potessero farci nulla.

– Di questo passo chissà dove andremo a finire! – disse David, imitando Mr Hadrian, il vicino di sotto che si lamentava sempre del costo della vita.

Oh, sarebbe stato fantastico avere una vita segreta dietro i muri. Considerò anche l'idea di rivelarlo ai suoi amici, ma era troppo presto. Era il suo segreto, e non era ancora pronto per condividerlo con altri. E c'era un altro motivo per stare zitti: le grate erano piccole, e David dubitava che i suoi amici fossero abbastanza minuti per passarci. L'avrebbero di nuovo preso in giro perché era cosí piccolo. Straccetto, Cacasotto, Tappetto... Non poteva sopportare tutto questo.

Erano pensieri entusiasmanti, ma sotto sotto David era sicuro che non sarebbe potuto accadere niente del genere. Erano sogni. E i sogni non sono piacevoli quando si sa che non potranno realizzarsi, anche se era un po' come vincere la lotteria. Succedeva nei giornali, nei libri e nei film, ma mai nella vita vera. Acciuffare i criminali? Spiare, rubare dagli appartamenti e trasportare la refurtiva nei tubi? L'avrebbe fatto, certo... un giorno.

Passò cosí una settimana, e poi un'altra. David cominciò a dimenticarsi delle tubature. E probabilmente non ci sarebbe mai piú tornato dentro se a un certo punto non fosse stato messo in punizione per una settimana.

Un giorno, dopo la scuola, aveva fatto un giro con Tyne Williams. Di solito non stavano molto insieme, ma quel giorno tutti gli altri se n'erano andati e loro non avevano voglia di stare a casa da soli, perché i genitori erano al lavoro: era giovedí, l'altro giorno della settimana in cui Terry rincasava tardi. Cosí se ne andarono in giro per Londra, fino a Kings Cross, e rimasero nella metro cercando di individuare le prostitute e gli spacciatori.

– Attraversiamo il fiume, – propose Tyne.

– No, – rispose David. – Troppo lontano.

– Andiamo a Kilburn, allora.

– Ok.

Cosí andarono a Kilburn. Al ritorno, dopo tutto il tempo che avevano passato insieme, Tyne cominciò improvvisamente a prendere in giro David, sempre per la solita storia della statura. Si inventò anche un nuovo soprannome, Lancetta, perché le gambette di David si muovevano velocissime per stare al passo con quelle degli altri. Continuò cosí per un po': – Tutto ok, Lancetta? Vuoi che rallenti, Lancetta? Dirò a tutti del tuo nuovo nome a scuola.

Alla fine si azzuffarono. David fece indietreggiare Tyne fino a un cassonetto, poi inaspettatamente si piegò, gli afferrò le gambe e lo sollevò gettandolo nella spazzatura. Lí dentro c'erano dei vetri e Tyne si tagliò di brutto la spalla. David, allora, scappò via lasciando lí Tyne a strillare e a lamentarsi. Entrambi si erano spaventati a morte alla vista di tutto quel sangue.

– Kings Cross, – sibilò infuriato il papà. Era una zona pericolosa. Ed era esattamente per questo che ci erano andati. – Kilburn! Lontanissimo. Ad azzuf-

farsi per la strada, nell'immondizia. Per forza si è tagliato, la spazzatura è piena di roba tagliente.

– Non sapevo che ci fosse del vetro, – disse David, per niente pentito.

Così era finito in punizione per una settimana: in pratica due ore – piú cinque il martedí e il giovedí – a casa da solo ad aspettare che suo padre tornasse dal lavoro senza niente da fare.

Il piú delle volte, visto che suo papà non era a casa, David avrebbe potuto fregarsene del divieto di uscire, ma non ne poteva piú dei suoi compagni: Tyne aveva sparso la voce del suo nuovo nome, ed era tutto un Lancetta-qui, Lancetta-là. I bambini educati non lo prendevano in giro, ma per quanto alcuni di loro gli fossero simpatici, lui non voleva andare in giro con i bambini educati, lui voleva andare in giro con i bambini cattivi... E così si lasciava coinvolgere in varie risse, dopo le quali filava a casa senza farsi scoprire, evitando di fermarsi a giocare con qualcuno.

La prima sera guardò la tele, ma continuava a pensare al mondo dietro la grata. Sapeva che prima o poi ci sarebbe tornato, al massimo nel giro di una settimana. Quando ebbe deciso, mise in pratica il piano rapidamente.

Il giorno dopo, tornò a casa da scuola, fece merenda con un biscotto al cioccolato e un po' di latte, poi spinse il divano contro il muro. Prima di arrampicarsi si cambiò, per evitare nuove spiegazioni sullo sporco. Prese dal cassetto delle pile nuove per la torcia e carta e penna per segnarsi il percorso. Andò nel ripostiglio dove trovò un'asse di legno bella robusta, avanzata al papà da quando aveva fatto le mensole. Sapeva cosa stava facendo. Se voleva, era bravo a fare progetti: ci aveva pensato su tutto il giorno, e adesso era pronto. Salí sullo schienale del divano, spostò la grata e infilò dentro la testa.

Si era dimenticato quanto fosse buio lí dentro. Buio pesto, da pelle d'oca. La sensazione era di nuovo quella che il cunicolo fosse infestato, come se il buio fosse vivo.

Eppure il pensiero di non entrarci non lo sfiorò nemmeno. Era fatto cosí: piú una cosa era spaventosa, piú doveva farla.

Accese la pila, e l'oscurità si dileguò.

– Ok, – mormorò.

Afferrò l'asse dal divano, dove l'aveva lasciata, la spinse nel tubo e si issò dentro. Messosi in ginocchio, spinse rapidamente la tavola davanti a sé, fino ad appoggiarla sul tubo che si apriva verticalmente verso il basso e chissà dove conduceva.

L'asse gli avrebbe impedito di volare di sotto. E, nel caso laggiú ci fosse stata qualche creatura, magari sarebbe rimasta intrappolata. Non pensava davvero che un'asse di legno potesse bloccare qualcosa che viveva in quel posto, però era anche vero che non credeva ai fantasmi. La cosa lo tranquillizzava.

David restò seduto sul ponte che aveva appena costruito, cosí, senza far niente. Era emozionante. Sotto di lui c'era un baratro senza fine traboccante di tenebre animate, che non potevano raggiungerlo. Aveva sconfitto il fantasma – non che credesse alla sua esistenza – con uno spesso pezzo di legno.

Dopo un po', però, cominciò ad annoiarsi e decise di andare a esplorare i dintorni. Disegnò una freccia sul legno per indicare la strada del ritorno, anche se riusciva a vedere la luce del suo appartamento alle sue spalle. Girò a sinistra e partí all'esplorazione delle condutture.

Aveva paura, perché cosí avrebbe perso di vista casa sua. Fu una traversata sudaticcia e paurosa, con il cuore che gli batteva contro le costole. Si fermava di continuo per voltarsi a controllare che non ci fosse niente che strisciasse verso di lui: gli dava fastidio, però, non potersi girare. Ma ne valeva la pena. Poco dopo sbucò in un'altra diramazione del tubo principale: si affacciò, e vide che in fondo c'era un'altra grata.

Aveva trovato la strada per l'appartamento della sua vicina di casa, Mary Turner. Faceva l'insegnante, e non sarebbe tornata dal lavoro almeno per un po'.

David non era mai stato nel suo appartamento. Strisciò in silenzio fino alla grata e diede un'occhiata.

Si vedeva tutto: una boccia di pesci rossi coperta di alghe verdi, un divano ricolmo di vestiti, compresi alcuni pezzi di biancheria intima; c'erano delle carte di barrette Mars e una confezione unticcia di crocchette di pollo del McDonald, e patatine sparse sul pavimento; sul tavolo c'era del liquido, tè o caffè o qualcosa del genere, che gocciolava su un tappeto giallo e rosso, pieno di macchie.

Mary si vestiva bene e si mostrava sempre in ordine e pulita: ma evidentemente non lo era, visto il disordine del suo appartamento. Sembrava un porcile.

David rimase colpito: la casa era completamente diversa da come se l'era immaginata. Chissà cosa faceva quella donna quand'era sola! Lui avrebbe potuto scoprirlo.

La grata era identica a quella di casa sua. Avrebbe potuto spostarla abbastanza facilmente con le dita, ma non sapeva quando Mary sarebbe tornata e non si azzardò a entrare. Un'altra volta, magari. Strisciò quindi all'indietro, ripercorrendo la strada al contrario. Il momento critico fu quando le gambe sprofondarono nel buco centrale: immaginò che qualcosa di orribile lo stesse guardando non visto, protetto dalle tenebre. Ma ovviamente, a parte la sua paura, laggiú non c'era nulla.

Guardando lungo il tubo, David scorgeva le luci provenienti dai cunicoli che conducevano agli altri appartamenti. Un altro e poi basta, si disse. A due porte di distanza c'era l'appartamento di Alan e Jo Winsome e del loro bimbo, George. Si prospettava interessante.

David avanzò sui gomiti lungo il condotto e sbirciò nella stanza su cui si apriva la grata. La luce era accesa e si sentiva qualcuno parlare alla televisione, probabilmente il conduttore di un programma per bambini. Dovevano essere in casa: piú di un'occhiata non sarebbe riuscito a dare.

Procedette piú silenziosamente che poteva, ma era impossibile non fare rumore. Piano piano riuscí a girare l'angolo del cunicolo, ma mentre cercava di spingersi avanti, le ginocchia grattarono contro il metallo. David si fermò, gelato, aspettando di essere scoperto.

Fu la voce di un bimbo a rompere il silenzio:
– Chi c'è?

David rimase immobile. Dopo una lunga attesa, cominciò a tornare sui suoi passi, ma appena ci provò fece di nuovo rumore. Il povero George – aveva solo quattro anni – strillò quasi piangendo: – Lo dico alla mamma quando torna!

George era a casa da solo. David si arrestò e rimase ad ascoltare in silenzio. Non aveva paura di un bamboccio che non aveva ancora cominciato la scuola. Inspirò profondamente e fece un: – Ooooooooo ooooooooooooooooooo... – con una voce da fantasma. All'interno dell'appartamento George cominciò a piangere. Ridacchiando David tornò indietro fino al cunicolo che portava a casa di Mary.

Si fermò sentendosi un po' in colpa. Povero bimbo! Una voce che veniva dal muro! Cosí ritornò là, fece un po' di rumore, verificò che non ci fosse nessuno e disse, con una vocina gentile: – Va tutto bene, George, va tuuuuuuuuutto bene –. Poi scappò via, soffocando le risate. Sapeva bene cosa stava facendo: avere un fantasma dietro il muro che diceva che andava tutto bene era un chiaro segno che le cose non andavano bene.

Tornò al ponte sopra il condotto principale e si sedette. Era un bel posto. Da lí si vedeva il suo appartamento, ci si poteva sedere o perfino alzare in piedi, perché il tubo continuava verso l'alto per altri cinque piani. Era un posticino intimo. Ci si sentiva forti, e al sicuro.

Fantasmi? Lui era lí dentro e non c'era proprio nulla. Cominciò a disegnare una mappa del luogo, ma si ricordava tutto talmente bene che lasciò perdere. Si rimise seduto a sognare a occhi aperti tutte le cose che avrebbe potuto vedere e fare lungo quei percorsi segreti.

La prossima volta sarebbe andato oltre. La prossima volta sarebbe entrato in uno degli appartamenti, forse quello di Mary.

Chi l'avrebbe mai detto che era una vecchia ciabatta del genere. Magari le avrebbe messo un po' in ordine l'appartamento. Chissà che shock!

Mr Alveston

Fantastico! Era la prima volta che si avventurava nei tubi e aveva già visto le mutandine di Mary sul suo divano, e terrorizzato un bambino. C'era da scommettere che avrebbe creduto ai fantasmi, ora!

Mary insegnava al liceo. Se David avesse frequentato quella scuola sarebbe sicuramente andato a dire ai suoi alunni: – Sapete di che colore sono le mutandine della vostra prof? – E sarebbe stato in grado di dirglielo. Se fosse riuscito a svegliarsi abbastanza presto forse avrebbe anche potuto guardarla mentre se le metteva.

David passò i due giorni successivi a scuola a fantasticare su tutte le cose divertenti che avrebbe fatto. Avrebbe visto le persone che andavano in giro per casa mezze nude, gli uomini che si facevano la barba e canticchiavano stonati come delle campane. Magari si mettevano anche le dita nel naso. Gente che parlava da sola. Incredibile! Sarebbe stato come una telecamera nascosta. Avrebbe potuto fare delle foto e ricattare gli abitanti del palazzo, vedere le donne senza niente addosso, compresa Mary Turner. Sapeva che aveva un fidanzato: magari sarebbe riuscito a spiarli mentre erano insieme.

Tutti i suoi progetti di catturare ladri e diventare un eroe erano scomparsi: si era reso conto che essere buoni non conveniva. Se avesse provato a fare delle buone azioni, si sarebbe fregato con le sue mani. Vedendo qualche individuo sospetto rubare in uno degli appartamenti, sarebbe dovuto rimanere a guardare, senza intervenire, dal momento che se fosse andato a dirlo alla polizia, gli avrebbero chiesto: – Cosa diavolo ci facevi lí dentro? – E avrebbero scoperto che aveva spiato tutte quelle persone. No, no: le buone intenzioni erano escluse.

In ogni caso, nelle condutture c'era qualcosa che lo turbava. Non sapeva bene cosa fosse, ma ogni volta che ci pensava si sentiva cattivo, concepiva pensieri cattivi e desiderava fare cose cattive. In effetti David aveva una voglia incontenibile di combinare guai. In un certo senso lo faceva sentire potente. Non vedeva l'ora di combinarne un'altra.

Quel giovedí, mentre David tornava da scuola pensando a tutte le cose che voleva fare, un signore molto molto vecchio che abitava al piano di sopra stava fantasticando a occhi aperti su tutte le cose che aveva fatto. Il vecchio signore si chiamava Robert Alveston. Era nato a Londra nel 1904 e le cose che ricordava erano talmente tante da rendergli difficile concentrarsi su ciò che stava effettivamente avvenendo in quel momento.

Mr Alveston era cresciuto a Londra, ma aveva vissuto un po' ovunque. L'ultima volta che era tornato nella sua città natale – all'epoca aveva sessantaquattro anni – si era innamorato di una bella fioraia cicciottella di nome Rose. Si erano sposati nel giro di un mese: lei era la sua seconda moglie e lui l'amava sopra ogni altra cosa. La chiamava affettuosamente Tulipano.

Per dieci anni avevano gestito un negozio di fiori a Chiswick, poi, a settant'anni passati, avevano deciso di trasferirsi in Francia prima di diventare troppo vecchi. Erano andati a Parigi e lí avevano vissuto felicemente insieme per un ventennio, prima che Tulipano morisse di infarto a ottantadue anni.

Mr Alveston non voleva rimanere nella casa dove avevano vissuto insieme. Londra era la città in cui era nato, in cui aveva conosciuto la sua amata Tulipano, e in cui decise di finire i suoi giorni.

Era tornato, ma soltanto per scoprire che non era stata una buona idea. Molte persone che conoscevano lui e Tulipano si erano trasferite o erano morte o erano diventate tanto vecchie da non poter praticamente piú uscire di casa, e cosí si era ritrovato a finire i suoi giorni senza nessuno, nonostante avesse avuto una vita piena di gente. I suoi figli, un maschio e una femmina, erano morti di vecchiaia; i suoi nipoti e pronipoti abitavano in Australia e i suoi amici erano sparsi per il mondo. Tutti i giorni c'era qualcuno che gli scriveva o gli telefonava, ma non era come vederli. Cosí passava ore e ore seduto sulla poltrona a chiedersi cosa mai fosse successo. Come era stato possibile vivere per novant'anni circondato da amici e finire per non avere piú nessuno che facesse un salto a prendere un tè o a fare due chiacchiere?

Come se non bastasse, stava andando un po' fuori di testa. Ne era consapevole, perché i vicini si preoccupavano per lui e l'assistente sociale ogni tanto faceva un salto a controllare che andasse tutto bene, proponendogli di andare in una residenza per anziani. Si dimenticava di continuo cosa stava facendo: per esempio, una volta aveva passato l'intera mattina a frugare tutto l'appartamento alla disperata ricerca della dentiera, che aveva in bocca. Altre volte si dimenticava in che via, o addirittura in che città o stato abitava, e si spaventava all'idea di trovarsi in un appartamento sconosciuto, anche se aveva intorno tutte le sue cose.

Quando succedeva, diceva a se stesso che stava attraversando un «momento senile» e la prendeva sul ridere. Ma senza nessuno che ridesse con lui, che senso aveva?

C'erano i vicini, che erano gentili, ma sembrava che fossero tutti molto impegnati e che nelle loro vite non ci fosse un buchino per fare amicizia con lui. Nonostante questo, Mr Alveston cercava di fare buon viso a cattiva sorte. Era entrato a far parte di un club di bridge, usciva tutti i giorni per fare la spesa e chiacchierava amabilmente con i commessi; faceva visita ai suoi vicini e loro ricambiavano. Ma quello che davvero gli permetteva di andare avanti erano i numerosi ricordi, precisi e cristallini, delle sue tante vite passate.

Ricordava tutto: l'infanzia, i suoi due fratelli più grandi, entrambi morti durante la Grande Guerra, sua sorella Susan, che aveva perso il fidanzato nello stesso periodo e aveva pianto per un mese. La sua prima moglie, Greta, che aveva sposato nel 1926. Avevano vissuto in Germania. Nella loro casa avevano delle finestre enormi piene di gerani che in estate dovevano essere annaffiati tre volte al giorno. Greta se ne vantava sempre. Tutti gli anni, d'inverno, andavano a sciare sulle Alpi. Lei era mille volte più brava di lui, e lo sorpassava velocissima spruzzandolo di neve. Si ricordava il suono della sua risata mentre schizzava lungo la pista, e ogni singolo fiocco di neve che sollevavano i suoi sci.

31

D'estate, nei weekend, andavano spesso a nuotare con i due bambini, Alex e Nadja, nell'acqua fresca di grandi laghi circondati da alberi. Mr Alveston si ricordava ogni singolo giorno, ogni lago, se l'acqua era immobile, un po' torbida e caldina o limpidissima e ghiacciata. Si ricordava ogni singolo capello dei suoi bambini da quando erano nati a quando erano diventati grandi ed erano andati ad abitare per conto loro. Ricordava il giorno in cui Greta era morta in un incidente d'auto, la polizia che era venuta a casa e il suo pianto di fronte ai figli. Qualche mese dopo si erano trasferiti in Australia, per allontanarsi dalla guerra in Europa.

Un giorno, passò tutta la mattina a rivivere il periodo in cui aveva fatto il contrabbandiere e aveva trasportato trecentottanta litri di brandy su una barchetta dalla Francia all'Inghilterra insieme al suo amico Alain. Erano stati inseguiti e fermati dalla guardia costiera e avevano dovuto versare il brandy in mare: mentre gli ispettori li interrogavano, un delfino aveva preso a sbattere contro la barchetta, e Alain aveva giurato che era ubriaco.

E poi c'erano stati i momenti con la sua meravigliosa Tulipano. Andavano insieme al mercato dei fiori a comprare rose, gigli, crisantemi e altri ancora; li immergevano nell'acqua, tornavano indietro e componevano enormi, splendidi mazzi che disponevano sul marciapiede davanti al negozio. Ricordava ogni giorno minuto per minuto, e ogni petalo. Come gli piacevano i fiori! E come amava Tulipano!

I ricordi di Robert erano cosí limpidi che avevano finito per diventare piú importanti della sua stessa vita: mentre camminava per la strada parlava a persone morte da un sacco di tempo; quand'era seduto sulla poltrona credeva di avere ancora dieci anni, oppure diciassette, o cinquanta o sessanta o anche solo tre.

Quel giorno, il giorno in cui David tornava da scuola progettando ogni genere di diavolerie, Robert Alveston si sedette in poltrona sotto la grata del condotto di aerazione e cominciò a ricordare. I ricordi erano come oggetti reali, solidi: li sentiva, li annusava e li gustava. In quel momento stava rivivendo il periodo in cui giocava con i suoi amici per le strade di Londra, quand'era bambino, e si poteva ancora vagabondare per chilometri, e le strade erano piene di cavalli e non c'era neanche una macchina, e ci si poteva davvero divertire un mondo, almeno finché non si veniva beccati da qualcuno...

David sbatté la porta cigolante del vecchio ascensore di Mahogany Villas e corse lungo il corridoio poco illuminato che portava al suo appartamento. Il suo papà lavorava fino a tardi e lui aveva a disposizione intere ore per spionaggio e cattiverie.

In un batter d'occhio si cambiò, spinse il divano contro il muro e fece scivolare via la grata. Ancora una volta l'occhio delle tenebre dietro il muro lo fissò, e ancora una volta David, in bilico sullo schienale del divano, rabbrividí. Possibile che si dimenticasse sempre com'era lí dentro? Cosí scuro, cosí stretto. Solo a guardare sembrava che l'oscurità potesse schiacciare fino a uccidere.

Ma David non si fece scoraggiare da ciò che non poteva nemmeno vedere. Accese la pila, si spinse dentro e cominciò a strisciare all'interno dei muri di Mahogany Villas.

Per prima cosa diede un'occhiata all'appartamento di Mary: il cunicolo era sporco e spaventoso, ma una volta arrivato... che delusione! Mary aveva pulito. Era tutto lindo e ordinato, e l'unico oggetto personale visibile era un asciugamano sullo schienale di una sedia. Prese in considerazione l'idea di far scorrere la griglia ed entrare, ma non si azzardò. Non ancora. Qualche volta Mary tornava presto.

Strisciò verso l'appartamento di Alan, Jo e George. Sentiva delle voci. Jo Winsome era in casa con un amico. Le loro voci rimbombavano e risuonavano nei cunicoli stretti. Pessima cosa: David sapeva di non potersi avvicinare alla grata senza attirare l'attenzione. Avrebbero potuto sentirlo anche a quella distanza. Mentre si ritirava il piú silenziosamente possibile aveva sentito Jo che chiedeva: – Cos'è stato? – ed era dovuto rimanere immobile per un pezzo, prima che cambiassero stanza e gli permettessero finalmente di fuggire.

David era furioso. Ritornò al ponte e imprecò sottovoce. Perché non gliene andava mai bene una? Strinse i pugni e sibilò una parolaccia, frustrato. Non poteva fare rumore, invece avrebbe voluto mettersi a pancia in su e prendere a calci quei tubi fino a fare rimbombare tutto il palazzo. Mahogany Villas avrebbe risuonato dalle fondamenta fino all'ultimo piano senza che nessuno sapesse da dove veniva tutto quel rumore. I bimbi avrebbero avuto un sacco di incubi! Tutti avrebbero creduto che la casa fosse infestata di fantasmi. Non osava, però: troppa paura di venire scoperto.

Si alzò in piedi: nel tunnel verticale ci riusciva benissimo. Sotto di lui si spalancava l'oscurità; di fianco a lui si aprivano i cunicoli, sopra di lui il piano superiore. Puntando la torcia in alto si poteva vedere come il tubo verticale incrociasse quello orizzontale che portava a tutti gli appartamenti del quinto piano. Magari lassú avrebbe avuto miglior fortuna.

David diede un'occhiata all'orologio: aveva ancora due ore a disposizione. Poteva tranquillamente arrampicarsi. Alzò le braccia e cominciò a tirarsi su.

Era difficile, ma per fortuna non era un tratto lungo, e nemmeno cosí sporco come il pezzo orizzontale; riusciva ad afferrarsi bene e non scivolò nemmeno una volta. La cosa peggiore era il buio: per salire aveva bisogno di entrambe le mani e aveva dovuto infilarsi la pila, ancora accesa, nei jeans. Ombre tremolanti si contorcevano e si dimenavano lungo il tubo, come fantasmi, ma non aveva il coraggio di spegnere la torcia.

Cercò di procedere piú veloce che poteva, e finalmente sentí sotto le dita il cunicolo del quinto piano e si tirò su. Tenendosi aggrappato con le braccia si sporse oltre il bordo, estrasse la torcia dai pantaloni e la puntò all'interno del nuovo cunicolo: era identico all'altro, e altrettanto coperto da uno spesso strato di polvere appiccicosa. A David ricordava un po' la neve appena caduta.

Si spinse avanti lungo il cunicolo. Non gli piaceva l'idea di essere tanto lontano dal suo appartamento, ma non voleva arrendersi. Il suo corpo proiettò un'ombra nera sulla polvere vergine. Ancora qualche metro e avrebbe raggiunto la diramazione di uno degli appartamenti del quinto piano. David sbirciò l'interno del cunicolo e vide che in fondo mancava la grata.

Indietreggiò e si spostò velocemente per uscire dalla visuale. Le griglie erano come cancelli chiusi. Perché questa era stata tirata via?

Dopo un po' di tempo, in cui non si era sentito neanche un rumorino, sporse cautamente la testa per dare un'occhiata.

L'interno dell'appartamento era spoglio. Forse lo stavano tinteggiando. Si ricordò che, quando avevano verniciato da lui, il papà aveva tolto la grata. Aspettò molto tempo, e non sentí nulla – zero radio, tele, voci – quindi prese il coraggio a due mani e strisciò come un serpente fino all'apertura, per guardarci dentro.

Cercò di essere silenzioso, ma un minimo di rumore era inevitabile. A un certo punto si dimenticò dov'era e sbatté fortissimo contro il metallo. S'immobilizzò. Tutto taceva. Con ogni probabilità l'appartamento era vuoto. Verificò ancora che non ci fosse nessun rumore, poi si spinse in avanti e si affacciò.

Dritto sotto di lui c'era un anziano signore seduto su una poltrona. Mentre David lo osservava, il signore aprí gli occhi e guardò in su. David strillò. Per un lungo, terribile momento i due si guardarono negli occhi, poi il vecchio aprí la bocca e disse:

– Jonathon!

Non potendo girarsi, David cominciò a spingersi indietro con le mani, retrocedendo piú veloce che poteva, ma evidentemente non abbastanza. Davanti a David apparve, incorniciata dalla bocca del cunicolo, una faccia sospesa in aria, ma non quella del

vecchio. Era la faccia grigia di un ragazzo che gridava con la bocca spalancata, senza che però uscisse
alcun suono. Poi, dietro quella faccia, ne apparve
un'altra, quella del vecchio. Doveva essere salito su
una sedia. David si lasciò scappare un grido di terrore: vedeva attraverso il ragazzo! Nascose la testa fra
le braccia per non essere riconosciuto, e si spinse sui
gomiti per fare i pochi metri che lo separavano dal
tubo centrale.

– Torna qui, – lo implorò il vecchio, ma David
stava già scappando. Raggiunse il giunto fra i tubi
mentre l'anziano signore faceva segno con le mani e
sorrideva e lo pregava di non andarsene. David sbucò nel tunnel grande, si girò e schizzò con l'agilità di
un furetto giú nel tubo verticale. Il condotto risuona-
va e rimbombava come un'officina meccanica. Cominciò a scendere e si bloccò, sospeso, aggrappato
con le mani e le gambe come un ragno, pronto per
mollarsi. Ma prima di decidersi doveva guardarsi indietro, doveva e basta, perciò si fermò, abbassò la testa e sbirciò in mezzo alle gambe.

Il fantasma si stava precipitando verso di lui. Av-
vicinandosi diventava sempre piú grande, fino ad
assomigliare a un camion che risaliva il condotto.
David urlò e il ragazzo aprí la bocca e gli rispose urlando. Ma non era l'urlo di un ragazzo, era l'urlo di
un uomo vecchissimo.

– Torna indietro, torna indietro, – urlava il fantasma con la sua voce incrinata, da vecchio. – Non mi lasciare! Non andartene!

David mollò le mani e cadde come un sasso, atterrando sulla tavola tre metri piú sotto. Rimase fermo un attimo, respirando affannosamente, ad ascoltare i disperati richiami del vecchio. Si girò e guardò in su, giusto in tempo per cogliere la pallida faccia spaventata del fantasma che lo fissava dall'alto, a bocca aperta.

– Non mi lasciare, – disse la voce del vecchio da molto lontano.

David urlò di nuovo: – Vattene!

Poi si spinse fuori dal tunnel e si ritrovò al sicuro nel suo salotto.

La situazione precipita

Non appena David atterrò sul tappeto, si rialzò e cominciò a pulire, prima che il papà tornasse a casa. Strofinò le macchie di sporco che aveva lasciato sul pavimento e sul muro cadendo e rimise a posto la grata. Per tutto il tempo sentiva le gambe che gli tremavano e il terrore che gli scorreva nelle vene.

Fantasmi! Non ci aveva mai creduto, ma ora ne aveva visto uno. La grata nel muro portava da casa sua a un posto segreto, infestato. I tubi di metallo che correvano all'interno di Mahogany Villas erano pieni di segreti.

– Che cos'hai stasera? – continuava a chiedere il papà, ma David scuoteva la testa e basta. Terry si chiese se fosse stato preso in giro per la sua statura a scuola, ancora una volta, e si morse la lingua. Non sopportava che suo figlio fosse vittima dei bulli, ma poiché David non lo avrebbe mai ammesso, a meno di non essere sorpreso in mezzo a una rissa, non poteva farci nulla.

Quella sera David andò a letto pieno di paura. Eppure la cosa strana era che, dopo aver visto e sentito quelle cose, già non ci credeva piú. Si era spaventato. Si era fatto prendere dal panico, ecco tutto. L'aveva solo immaginato, che ci fosse qualcosa lí dentro. La faccia pallida e la figura impalpabile che correva e sbatteva e si ingigantiva, per quanto non ci fosse spazio per ingigantirsi... la faccia lunga che lo fissava dall'alto con la bocca spalancata, come se stesse urlando, e la voce da vecchio che sembrava provenire da lontanissimo... Impossibile! Sicuramente era stata solo la sua immaginazione. O no?

Il sistema di ventilazione si apriva su tutte le stanze dell'appartamento, e quella notte David restò disteso a letto a guardare il riquadro buio della grata sul muro della sua camera. Cosa c'era lí dietro? Poteva saltar fuori e venire a prenderlo nel bel mezzo della notte?

– Bamboccio che non sei altro, – si disse. Ma la sola idea di entrare nei tubi di notte gli faceva venire i brividi.

David aveva paura, una paura folle! Ma su David la paura aveva l'unico effetto di dargli uno stimolo in piú.

– C'è qualcuno lí? – chiese a bassa voce. Nessuna risposta dalle tubature. L'unica cosa da fare era alzarsi e andare a vedere.

Di notte? Al buio? Ovviamente all'interno del condotto di aerazione era sempre notte, ma questo non impediva che il buio della notte fosse peggiore di quello del giorno.

David si alzò, spostò una sedia contro il muro e ci salí sopra, in modo da avere la testa al livello della grata. Sentiva sulla guancia l'aria proveniente dal tubo.

Trattenne il respiro e si mise in ascolto. Da molto, molto lontano arrivava il lamento soffocato di qualcuno che piangeva. Un ragazzo. Non sembrava pericoloso, solo triste, tristissimo. Restò immobile per un minuto, ascoltando i singhiozzi, cercando di convincersi che fosse un bambino che piangeva in uno degli appartamenti. Magari George.

– C'è nessuno? – chiese piano.

Il pianto cessò immediatamente. Un brivido di orrore gli attraversò il corpo. Se fosse stato un bimbo in una stanza, sicuramente non l'avrebbe sentito. Qualsiasi persona – qualsiasi cosa – stesse piangendo, doveva essere nei tubi.

– Va tutto bene, non piangere, – disse David.

Ora c'era silenzio. Un secondo piú tardi perse tutto il suo autocontrollo e corse a letto.

Il giorno dopo, a scuola, era come se non fosse successo niente: i fantasmi che piangevano, e i ragazzi che urlavano con voci da vecchio non facevano parte della vita vera. Prendere l'autobus, andare a scuola, rispondere a quelli che lo chiamavano Lancetta, quella era la vita vera. Anche i tubi erano cosí: quando era dentro avevano la meglio su di lui, ma alla luce del giorno sembrava tutto impossibile, lontanissimo, come un sogno o un film visto al cinema settimane prima.

Tornando a casa, David si fermò a controllare la lista dei nomi degli inquilini di Mahogany Villas accanto ai campanelli. Quinto piano. Contò. Il vecchio abitava al piano sopra di lui, nell'appartamento di fianco. Non riuscí a individuare il campanello giusto, cosí dovette andare su con l'ascensore per trovare il numero, e poi verificare.

501. Mr Robert Alveston.

– Tu conosci Mr Alveston? – chiese a suo padre durante la cena.

– Il vecchio signore che abita sopra di noi? – domandò il papà.

– Sí.

– Cosa sai di lui? – s'informò il papà, ma David si era preparato la risposta.

– Niente, solo che ieri mi ha attaccato bottone nell'ingresso, – buttò lí, come se non gli importasse piú di tanto.

– Si parla sempre di lui alle riunioni condominiali, – disse il papà. – Chiedono di tenerlo d'occhio e di

43

andare a trovarlo e cose del genere. Sta andando un po' fuori di testa. I primi segni di Alzheimer.

– Cosa?

– È un po' arteriosclerotico. Gli stanno dietro i servizi sociali. Si perde, non riesce a tornare a casa, parla da solo, cose cosí; è un po' cieco, un po' sordo, insomma cade a pezzi, ma nelle giornate buone è perfettamente lucido. A dir la verità, dovrebbe essere messo in una residenza per anziani, ma non ci vuole andare, poveruomo.

– E la sua famiglia? Perché non se ne prende cura?

– Be', dice di avere dei nipoti da qualche parte, ma nessuno li ha mai visti.

– Non ha un figlio? – chiese David, cercando di capire chi potesse essere Jonathon. Ma Terry non se lo ricordava.

Quella sera David appiccicò un poster alla grata, pur sapendo che non avrebbe fermato proprio nulla. Sopra ci disegnò una croce con un pennarello e lo strofinò con l'aglio per tenere lontano i vampiri. Aveva anche pensato di rubare dell'acqua santa in chiesa, ma poi si era convinto che l'acqua santa rubata forse non avrebbe funzionato.

Il giovedí dopo uscí di nuovo con Tyne, e questa volta non litigarono. Tyne lo portò a vedere una vecchia casa in rovina e la esplorarono insieme. Era fantastica. Presero delle ciambelle e Tyne si scusò per averlo chiamato Lancetta.

David si mise di nuovo nei pasticci per essere rientrato tardi, ma non gli importava niente, anche perché quando suo padre seppe che si era riconciliato con Tyne lo perdonò. David pensò di parlargli del fantasma, ma scartò l'idea. Neanche Terry credeva ai fantasmi. Certamente gli avrebbe chiesto perché gli era saltato in mente di intrufolarsi nei cunicoli dell'edificio a spiare la gente.

I giorni passarono, arrivò il martedí, e di nuovo suo papà sarebbe rientrato tardi. David aveva quasi smesso di pensare ai tubi, ma, appena rimase a casa con qualche ora a disposizione, con suo orrore si ritrovò dentro in un batter d'occhio. Era successo tutto in un tempo incredibilmente breve. Era tornato da scuola, si era cambiato, aveva spinto il divano contro il muro e ci si era arrampicato senza nemmeno pensarci.

Era come se non avesse scelta. Ed eccolo lì seduto sull'asse di legno a guardare in su, la torcia puntata verso l'alto e il cuore che gli batteva forte, prima che gli venisse in mente che non c'era nessuno che lo obbligasse a farlo.

Per primo scelse l'appartamento di Mary Turner. Era di nuovo un casino. Aveva mangiato patatine e bevuto birra, e sembrava che avesse usato le cibarie come proiettili: c'erano lattine di birra e briciole dappertutto.

– Che diavolo combina questa? – si chiese David.

Sfilò la griglia e si calò nell'appartamento.

Una volta dentro, andò in giro a frugare nei cassetti e negli armadi, cercando qualcosa di privato; bevve un po' di succo dal frigo e finí un pacchetto aperto di patatine che era rimasto sul pavimento. C'erano due stivali marroni, uno da una parte e uno dall'altra del divano, con una lunga fila di buchi per i lacci: David prese il sinistro e se lo portò nel tubo. Lo trovò molto divertente. Continuava a ridere al pensiero di Mary Turner che cercava dappertutto il suo stivale: non l'avrebbe mai trovato! Stava ancora ridendo quando arrivò nel tubo verticale davanti al suo appartamento, ma smise subito sentendo ridere qualcun altro appena sopra la sua testa.

Era l'eco? O un fantasma...

Puntò la torcia. Niente. Probabilmente era stata l'eco. David aspettò a lungo, molto a lungo, in silenzio, poi salí al quinto piano. Anche lí rimase seduto sul bordo del tubo per un sacco di tempo, cercando di cogliere ogni minimo rumore o movimento, ma non trovò niente di strano, a parte l'assurdità di trovarsi in un posto simile. Si vedevano i segni che aveva lasciato nella polvere strisciando avanti e indietro. E la risata che aveva sentito doveva essere per forza un'eco. Un posto cosí era pieno di rumori strani ed echi, che passavano attraverso le grate degli appartamenti e gli correvano dietro come spettri.

David cominciò a muoversi lungo i cunicoli. Quando arrivò alla diramazione che portava all'appartamento di Mr Alveston si fermò dietro l'angolo ad ascoltare.

Voci. Poteva essere la tele, ma non ne era sicuro. Si sporse oltre il bordo. La griglia non c'era, ma non si riusciva a vedere nulla. Poi sentí un clic: qualcuno aveva spento la tele. Ma una voce continuava a parlare. Stava parlando con le persone alla tele, il vecchio rimbambito!

David tese le orecchie, ma non riuscí a cogliere quello che stava dicendo. Avrebbe voluto avvicinarsi, ma non osava, per paura di essere scoperto. Il vecchio ci avrebbe messo un attimo a salire su una sedia, e lui sarebbe stato in trappola, come un topo.

La situazione era frustrante. Improvvisamente, stufo di non poter fare quello che voleva, David decise di averne avuto abbastanza. Proprio quando sembrava che ci fosse qualcosa di interessante da fare, ecco che qualcosa glielo impediva. E allora? Che senso aveva? A cosa serviva che il vecchio fosse cieco, sordo e rimbambito, se tanto lui non poteva approfittarne? David decise che non sarebbe piú tornato nelle tubature. Quella sarebbe stata l'ultima volta, e ciò significava anche che avrebbe potuto fare tutto quello che voleva. Senza pensarci un attimo mise le mani a coppa attorno alla bocca e disse, con voce bassa e cavernosa:

– Saaaaaaaaaalve, Mr Robert Aaaaaaaaaaaalveston. Sono Jonathon, soooooooooooono Jonathon. Ooooooooooo, ooooo...

Dall'altra parte i borbottii si arrestarono. David soffocò disperatamente le risate. Troppo divertente: era *lui* il fantasma dietro il muro! Si mise la mano sulla bocca per frenare le risate.

– Chi va là? – chiese il vecchio, con voce tremula.

– Ohhhh, Mr Alveston, ohhh, eccomi, eccoooomi, sono il fantasma di Jonathon, whooooo! – David ridacchiò. Era un gioco cosí meravigliosamente malvagio! Non cercò nemmeno di reprimere le risate. Il vecchio non avrebbe mai scoperto chi gli giocava quel brutto tiro. Doveva averlo spaventato a morte. Per la prima volta David desiderò avere qualcuno con cui condividere quello scherzo geniale.

– Whooooooo, Jonathon, oooooo. Sono Jonathon, – disse David a voce alta, e scoppiò di nuovo a ridere.

E poi dal tubo di fronte arrivò un'altra voce, fluttuante:

– Jonathon... Jonathon, woooo, ooo, woooo, eccomi, Jonathon.

Non era un'eco! David guardò in su: il fantasma! Era sui tubi di qualche piano piú sopra, sdraiato sulla pancia esattamente come lui. Lo stava copiando. Teneva le mani intorno alla bocca come lui e diceva le stesse cose. E stava morendo dal ridere.

David urlò, in preda al panico. Saltò in piedi e sbatté la testa, mentre l'altro ragazzo rideva e rideva. La cosa peggiore era che lo sguardo di David riusciva ad attraversarlo. Da far venire i brividi! Poi, il ragazzo cominciò ad avanzare verso di lui: usava le mani, una davanti all'altra, ma scivolava come se avesse le rotelle, come se facesse solo finta di muoversi come le persone normali.

– Vai via! Stammi lontano! Lasciami stare! – Era la voce del vecchio. Il ragazzo fece una smorfia strana (David non capí se stava piangendo o ridendo) e poi ululò e gemette: – Woooo, eccomi. Vecchio rimbambito!

David urlò: – Vai via! Vai via! – e cercò di indietreggiare. Ma il ragazzo acquistava sempre piú velocità. Sembrava che la sua faccia, mezza sghignazzante e mezza piangente, procedesse piú velocemente del resto, quasi fosse attaccata a un bastone! Davvero disgustoso. L'aveva quasi raggiunto, gemendo: – Vecchio rimbambiiiiiiiiiiiiiiiito!

– No! – urlò David in preda al terrore, ma il ragazzo continuava a venire avanti. David avvertí il bordo del tubo all'altezza delle caviglie. Con un'ultima, disperata spinta, si lanciò di sotto.

– No! Per favore! – piagnucolò il ragazzo.

– Vai via! – sbraitò il vecchio.

Senza attendere un secondo di piú, David si spinse indietro e saltò fuori direttamente dal buco della grata nel soggiorno. Uscí cosí forte che mancò il divano e atterrò pesantemente sul pavimento, su una spalla.

– Non andartene! Gioca con me! – strillò il ragazzo.

– Lasciami in pace! – gemette il vecchio.

David era sicuro che entrambi stessero venendo a prenderlo. Scattò in piedi, rimise a posto la griglia e poi rimase fermo, premendola contro il muro e guardando il buio che aveva appena imprigionato. Per un attimo vide qualcosa: la pallida faccia terrorizzata del fantasma, che a sua volta lo guardava. David tirò via le mani. Poi la faccia scomparve cosí rapidamente che sembrava fosse stata strappata, o soffiata via da una burrasca. Dal reticolo della grata cadde un po' di polvere.

David rimase incollato lí per quasi dieci minuti, fissando lo spazio dietro il muro come un cane rabbioso, senza muoversi per paura che tornasse il fantasma. Poi respirò a fondo, si coprí la faccia con le mani e disse:

– Cavolo, me la sono vista brutta, brutta davvero.

Aveva voglia di piangere, ma non c'era tempo. Doveva pulire tutto e mettere a posto prima che suo papà tornasse a casa.

Nell'appartamento 501, Robert Alveston era seduto sulla poltrona, con la testa fra le mani e il cuore che gli batteva forte.

Peggiorava sempre di piú!

Aveva cominciato col dimenticarsi dove aveva messo le cose – i cucchiaini e le tazze, le chiavi, il portafoglio. Era frustrante: aveva sempre avuto una memoria perfetta! Poi, aveva smesso di riconoscere non solo le facce della gente, ma anche gli oggetti di tutti i giorni. La prima volta davvero clamorosa era successo con una teiera. L'aveva vista lí sui fornelli, e non avendo la minima idea di che cosa fosse si era chiesto: «Che diavolo è quell'affare? A cosa serve?» L'aveva colpito la sua forma eccentrica, quella pancia rotonda e quella buffa codina arricciolata che veniva fuori. Continuava a tornare in cucina per guardarla e farsi una risata. «Che stupido oggetto!» commentava. «Spassoso, però!» Poi si era scordato di non sapere cosa fosse e si era fatto una tazza di tè, e soltanto il giorno dopo si era reso conto che aveva dimenticato per tre ore che fosse una teiera.

Anche se le circostanze potevano sembrare buffe

e divertenti, perché le cose non riconosciute apparivano nuove e diverse, la situazione era davvero molto preoccupante.

Alla fine Robert Alveston non ricordava nulla di quello che aveva appena fatto, nelle ore o nei minuti immediatamente precedenti. Pochi giorni prima si era ritrovato con un paio di forbici in mano, intento a tagliare i suoi pantaloni a metà. Aveva solo un vago, fuggevole ricordo del fatto che qualcuno gli avesse nascosto un tesoro nelle tasche, ma perché li stesse tagliando a metà proprio non lo sapeva.

Era come se i suoi sogni si fossero sostituiti alla vita reale. Lo spaventava l'idea di avere un incubo. E ora, ecco! Aveva cominciato a immaginarsi le cose: ed era successo un giorno quando, seduto tranquillamente nella sua stanza, aveva sognato a occhi aperti di qualcosa che gli era accaduto da bambino.

Era appena iniziata l'estate: aveva undici anni. Sentiva l'odore delle strade calde e dei cavalli, che tiravano le carrozze e i carretti su e giú, e la puzza delle poche macchine che passavano sferragliando. Era in giro con un suo amico, Jonathon Price. Si stavano intrufolando in un orto a Kentish Town, nella speranza di rubare qualche carota o di trovare qualche baccello di piselli. Camminavano lungo le file di piantine di fagioli e guardavano i fiori delle patate che sembravano pompon sotto il peso delle api e delle vespe.

Per Mr Alveston non erano solo ricordi: lui era *lí*. Percepiva l'odore della terra, sentiva le api che ronzavano sui fiori. Se ne avesse toccata una, l'avrebbe punto. Il suo amico Jonathon camminava al suo fianco, sgranando i fagioli dal baccello e mangiandoseli.

Girarono l'angolo e si imbatterono in un uomo con una zappa in mano. Jonathon, pensando che fossero stati scoperti, fece per scappare, ma Robert lo conosceva; era Mr Jonston, un suo vicino. Ci mise un po' a convincere Jonathon a restare. Mr Jonston gli permise di tirar su un paio di carote, gliele pulí, e poi li invitò a dargli una mano a raccogliere le patate novelle. Era divertente! Infilavano le forche nella terra nera ed eccole, le patate, nascoste nel terriccio, che spuntavano come un tesoro fresco e farinoso. Robert ne infilzò una con la forca, e il vicino commentò: «Riprova, e cerca di stare un po' piú lontano dalla piantina... Quella non è piú buona».

Robert alzò lo sguardo verso il signore, sorrise e... in quel preciso momento sentí il rumoraccio proveniente dal sistema di ventilazione sopra la sua testa. Tornato il vecchio che pisolava sulla poltrona, guardò in su e vide il ragazzo che scompariva dalla vista.

Nello stesso istante si ritrovò davanti un altro ragazzo, in piedi sul pavimento. Lo conosceva, era sicuro di conoscerlo. Lo conosceva quanto se stesso, eppure in quel momento non aveva la piú pallida idea di chi fosse.

Il ragazzo lo fissò e, con un agile salto da gatto o da folletto, sparí nel condotto di aerazione.

Rapidamente Mr Alveston spinse una sedia contro il muro, ci salí sopra e si affacciò, giusto in tempo per vedere il primo ragazzo che scompariva dietro la curva del cunicolo.

Il passaggio tra il passato, che era cosí reale, e il presente, cosí inverosimile, era stato tanto brusco che non riuscí bene a distinguere cosa appartenesse all'uno e cosa all'altro. Fu per questo che esclamò:
– Jonathon!

Per un attimo aveva pensato che il ragazzo nel tubo fosse il suo amico.

Il primo ragazzo, girato l'angolo, si diede a una fuga precipitosa. Mentre il vecchio guardava, il secondo ricomparve: intravide una giovane faccia ossuta che lo fissava. Poi il ragazzo sparí dietro all'altro, piú veloce che poteva.

– Torna indietro, non andartene! – gridò il vecchio, sicuro di conoscere, per qualche strana ragione, il secondo ragazzo... se solo fosse riuscito a ricordarsi dove l'aveva visto. Ma quello era già sparito. Non poteva far altro che stare lí e chiamarli, invano.

Era una follia! Piú ci pensava e piú si convinceva di essersi immaginato tutto. Ragazzi nel condotto di aerazione? E poi? Signore nel lavandino, marmocchi nel pianoforte? Stava diventando pazzo, davvero. L'avrebbero portato via dal suo appartamento e messo in una residenza per anziani, idea che lo atterriva. Era un pezzo che l'assistente sociale, Mrs Grey, glielo diceva. Lí dentro sarebbe caduto a pezzi e sarebbe morto, circondato da vecchi smarriti, e in un batter d'occhio si sarebbe ritrovato a farsi la pipí addosso, senza sapere chi fosse o cosa stesse succedendo intorno a lui.

E adesso gli capitava di nuovo. I ragazzi stavano gridando e schernendolo da dietro il muro. Cosa diavolo gli stava accadendo?

Piú tardi aveva un appuntamento con Mrs Grey, ma una cosa era sicura: non avrebbe accennato a quelle strane voci provenienti dalle tubature dell'aria che lo prendevano in giro. Se si fosse sognato di dire una cosa del genere l'avrebbero rinchiuso di sicuro.

Prima era stato il suo corpo a rallentare e a indebolirsi, e ora anche la testa stava partendo. Si sentiva come un bambino perso in un posto enorme e buio. Non aveva idea di come uscirne fuori, o se fosse possibile farlo.

Quando anche la mente se ne va, pensava, cosa rimane? Nemmeno se stessi.

Seduto, solo, sulla poltrona, sforzandosi di non guardare la spaventosa grata del sistema di ventilazione dietro la sua testa, Robert Alveston si coprí la faccia con le mani e sentí che piccole lacrime fredde gli bagnavano le dita.

L'appartamento di Mr Alveston

Che cosa sono i fantasmi? Gli spiriti dei morti, dicono. Era morto un ragazzo lí dentro, tanto tempo prima? Magari era volato giú in uno dei tubi verticali. Forse sul fondo c'era uno scheletro che guardava in su con occhi vuoti, e voleva che David facesse in modo che venisse seppellito, o semplicemente che lo raggiungesse.

Quella notte David si fece venire una paura del diavolo, con storie di mostri condannati a non morire mai che strisciavano nel buio dietro il muro, aspettandolo. Ma il fantasma non era arrabbiato con lui, ce l'aveva col vecchio. Perché? Aveva solo voluto giocare con David, o aveva un motivo per perseguitare il vecchio?

I fantasmi di solito tornano indietro dal mondo dei morti per vendicarsi. Forse Mr Alveston gli aveva fatto qualcosa di terribile, in passato. Ma cosa?

Mr Alveston un assassino? Sarebbe stato terribile abitare nello stesso edificio! Se fosse stato vero, il ragazzo probabilmente voleva solo vendicarsi. Voleva giustizia. In tal caso David avrebbe dovuto provare compassione, non paura.

Ancora una volta David abbandonò la tiepida sicurezza del suo letto per strisciare attraverso le ombre fino al muro. Ascoltò a lungo con l'orecchio contro la grata: si sentivano eco e altri rumori sordi, che avrebbero potuto essere qualsiasi cosa. Proprio quando stava per rinunciare, sentí una voce, vicinissima.

– Giochi con me? – disse il fantasma.

Con un urlo strozzato, David si precipitò a letto e nascose la testa sotto le coperte. Era impossibile! Doveva essere una voce proveniente da uno degli appartamenti! Avrebbe dato qualsiasi cosa pur di non dover credere che lí dentro ci fosse davvero un fantasma. David restò a letto per molto tempo con la testa sotto le coperte e le orecchie tese a sentire qualche altro sussurro proveniente dalla grata. Ma non ci fu piú nulla e si addormentò tremante di paura. Quando si svegliò, un raggio di sole faceva capolino da una fessura fra le tende. Bastò saltar giú dal letto e guardare il sole fuori dalla finestra per dubitare che quella notte fosse accaduto qualcosa. Alla luce del giorno certe cose sembravano solo assurdità, stupidi sogni. Ma che sogni! E come se li ricordava bene!

– No, non era un sogno. È successo davvero, – si disse. I ricordi lo perseguitarono tutto il giorno: la faccia arrabbiata del ragazzo, il vecchio spaventato, la voce che dal buio lo pregava di giocare con lui...

Passò una settimana. Due settimane. Il ricordo dell'avventura cominciava a sbiadire. David si sforzava di non pensarci e sembrava che stesse funzionando. Era la cosa migliore da fare, non potendo cancellare ciò che era successo. Aveva attaccato un altro poster sopra la grata e non sentiva rumori da un sacco di tempo. Lentamente stava scomparendo tutto. Poi, un lunedí, dopo la scuola, incontrò Mr Alveston nell'atrio di Mahogany Villas.

Il vecchio signore era piccolo, appena una testa piú alto di David: era cosí sottile e minuto che sembrava potesse rompersi da un momento all'altro, se qualcuno lo avesse urtato. Camminava con un bastone, e quando si incrociarono sulla porta fece educatamente un cenno col capo. Portava gli occhiali, e dietro l'orecchio si intuiva la sagoma cerea di un apparecchio acustico. David ricambiò il saluto. Era sicuro che il vecchio non sapesse chi fosse.

– Buonasera, – disse educatamente.

– Ciao, Tiger, – rispose Mr Alveston.

– Prego? – Ma il signore sorrideva. Stava scherzando.

– Grrr, – fece David, e scoppiò a ridere. Anche Mr Alveston rise.

– È bello vedere qualcuno giovane e vivace, – commentò, alzando lo sguardo al cielo: era grigio, addirittura nuvoloso. – Be', almeno non piove, – aggiunse. Scese lentamente il gradino, come se potesse scivolare e perdere un pezzo.

– Dove sta andando? – domandò David. Voleva sapere per quanto tempo sarebbe stato fuori.

All'anziano signore non passò per la mente che David avesse cattive intenzioni, e sorrise con indulgenza per la sua curiosità.

– A fare la spesa, – rispose. David notò che tremava: le mani che tenevano il bastone tremavano, la faccia e tutto il resto del corpo tremavano. Non poteva essere pericoloso. Accanto a lui, ritto nella sua spavalda giovinezza, David provò la stessa sensazione che aveva avuto in un negozio di porcellane e cristalli: paura di rompere qualcosa.

Mr Alveston gli sorrise di nuovo, uscí dal palazzo e si diresse verso la strada.

David salí. L'appartamento sarebbe rimasto vuoto almeno per un'ora: corse di sopra, si cambiò, e si infilò direttamente nei tubi.

Come al solito, prima di entrare, David mise dentro la testa per ascoltare i rumori. Il sangue gli pulsava nelle orecchie. Si sentiva solo il rumore dei cunicoli: le tenebre che borbottavano e strisciavano e si rivoltavano nel sonno. Ma c'era qualcosa nell'oscurità. Lo stava aspettando, e la cosa buffa era che David sapeva che era contento di vederlo. Gli era mancato, e voleva che tornasse.

– Noi due, insieme. Dai! – sembrava che dicesse.
– Vieni dentro! Le tenebre sono fantastiche, stasera.

Il fantasma lo chiamava!

David si arrampicò dentro: sgattaiolò nel cunicolo che andava su e si allungò per raggiungere il piano di sopra. Poi strisciò sulla pancia, come un serpente, direttamente verso l'appartamento vuoto di Mr Alveston. Nel giro di un minuto era nel cunicolo che portava dritto al soggiorno. Lo colpí un profumo dolce e penetrante che riempiva l'aria.

L'appartamento di Mr Alveston era pieno di tutti gli oggetti accumulati nel corso della sua lunga vita. Dappertutto c'erano statuette di porcellana, decorazioni, vasi e chincaglieria varia. I muri erano coperti di foto e quadri. Su un grande tavolo si trovava un vaso di gigli bianchi con i pistilli gialli: era il loro profumo che riempiva la stanza. Un'intera parete era coperta di libri. Su un tavolino vicino alla finestra qualcuno aveva messo una scatolina rotonda con un piccolo Babbo Natale e una renna che tirava la slitta sul coperchio; sul bordo c'erano piccoli elfi, in cerchio, e tutt'intorno una schiera di angeli che suonavano strumenti musicali.

Robert e sua moglie Greta li tiravano fuori a Natale per decorare la casa, per i loro due bambini.

David si calò nell'appartamento.

Per prima cosa diede un'occhiata all'incantevole tavolino coperto di decorazioni natalizie: la scatola tonda era in realtà un carillon con la chiavetta ancora dentro. Quando lo azionò, il coperchio cominciò a girare, facendo ruotare Babbo Natale e gli elfi, mentre partiva la dolce melodia tintinnante di Astro del Ciel.

David si mise la chiavetta in tasca e passò alle statuette. Gli angioletti erano di legno dipinto, sbiadito dal tempo. David li mise in ordine come su un campo di battaglia: alcuni distesi come se fossero morti, altri in posizione di combattimento, e altri ancora un po' da parte a formare un gruppo. Uno di loro suonava un trombone di filo d'oro che David raddrizzò e attorcigliò intorno al collo di un altro. Staccò poi un paio di braccia e di gambe, e con un pennarello trovato vicino al telefono disegnò delle brutte smorfie sul viso degli angeli.

Mentre si girava per esplorare il resto dell'appartamento, intravide il ragazzo. L'aveva visto solo di sfuggita, ma era lí, accanto al camino: sghignazzava e urlava qualcosa, ma senza voce. Poi, si voltò, puntò verso il camino e si dileguò. Era come vedere delle parole svanire da un pezzo di carta. Nel giro di due secondi si era dissolto.

David fu percorso da un brivido di eccitazione. Un vero fantasma! Era possibile essere amici di un fantasma?

Si avvicinò al camino per dare un'occhiata. C'erano altri angioletti di legno: il resto dell'orchestra.

David si era già divertito abbastanza con loro, ma siccome gli sembrava che il ragazzo apprezzasse la cosa, ne buttò giú qualcun altro, li dispose come gli altri su un campo di battaglia e raddrizzò i loro strumenti. Come per premiarlo, il ragazzo ricomparve vicino al tavolino del telefono, piegato a metà e ululante dal ridere.

David era esaltato. Dell'atmosfera minacciosa e angosciante delle tubature non c'era piú traccia. Era divertente e basta. Aveva un amico. Che importava che fosse morto? Chissà cos'avrebbe potuto fare con un fantasma!

Si guardò intorno cercando uno spunto per nuovi dispetti. Girò qualche foto verso il muro e tirò fuori manciate di roba dai cassetti. Andò in cucina, bevve un po' di latte dalla bottiglia, poi lo risputò dentro. Ed ecco che il fantasma, sul lavandino, lo applaudiva! Mangiò dei biscotti al cioccolato da una scatola, poi ne fece cadere uno sul tappeto e lo calpestò; il resto lo nascose sotto i cuscini in soggiorno. Andò in bagno e fece pipí sul pavimento. Poi scombinò vari oggetti, spostando le porcellane dalla cappa del camino al davanzale e girando lo zerbino al contrario. Per finire sparse i gigli profumati sul pavimento.

In quel momento, ben lontano da lui, uno dei dipinti alle pareti si staccò. Colpí il pavimento e s'infranse. Una volta a terra, si ruppe di nuovo in mille pezzettini, come se qualcuno l'avesse pestato, ma non c'era ombra di piedi. David aveva osservato tutta la scena.

– Stai attento, – disse David. Non voleva che la situazione gli sfuggisse di mano. Guardò il quadro: era una foto di Mr Alveston, già vecchio ma piú giovane di adesso, a braccetto con una donna. Era la sua amata Tulipano, ma David non poteva saperlo.

– Non rompere niente, – disse David. Non aveva finito di parlare che un altro quadro si staccò dal muro e si infranse al suolo.

Ai fantasmi non si poteva dire cosa fare e cosa non fare. David non voleva che finisse cosí! Voleva solo divertirsi un po'. E tanto per cambiare argomento e distrarlo chiese: – Come ti chiami? – Non ci fu nessuna risposta, ma in compenso scese la calma. L'aveva offeso? Aveva detto qualcosa di sbagliato? Forse non sapeva nemmeno lui chi fosse.

David decise che poteva bastare e tornò all'apertura nel muro.

– Eh certo, va tutto bene per te, tanto sono io quello che verrà sgridato, – commentò ad alta voce.

Nessuna risposta.

Si arrampicò nel cunicolo, tendendo l'orecchio per sentire altri eventuali rumori di oggetti fracassati. Di sicuro era un fantasma maleducato: gli piaceva da morire combinare pasticci nell'appartamento del vecchio.

Per dimostrare al fantasma quello che sapeva fare, David andò in casa di Mary Turner per prenderla ancora un po' in giro. Riportò lo stivale che aveva nascosto nelle tubature la volta precedente e prese l'altro. Questo l'avrebbe confusa non poco! Rubò anche il telecomando della tv, un reggiseno che aveva lasciato sullo schienale di una sedia, l'asciugacapelli, e mollò tutto nei tubi. Che forza! Un po' lo faceva per farsi notare dal fantasma, ma quello non si ripresentò. Sembrava che ce l'avesse solo con Mr Alveston.

David diede un'occhiata all'orologio. Erano quasi le sei! Panico! Suo papà sarebbe tornato a momenti. L'avrebbe scoperto!

Tornò indietro di corsa e cercò di eliminare tutte le prove prima che suo padre rientrasse. Per puro caso, quella sera il papà era in ritardo, e per farsi perdonare aveva comprato fish and chips per cena, ma David era tutto meno che riconoscente. In realtà era furibondo, e cominciò a sgridarlo per il ritardo, prima ancora che entrasse in casa. Continuò a lamentarsi per tutta la sera. In verità era terrorizzato da quello che aveva combinato. Al momento era stato divertente, ma l'aveva fatto per mettersi in mostra; pensandoci ora gli sembrava una cosa orribile e sinistra.

Mentre mangiava il pesce cominciò ad avere terribili fantasie sulla possibilità di essere scoperto. Nessuno avrebbe creduto alle sue storie di fantasmi. Avrebbero chiamato la polizia e i servizi sociali. Sarebbe stato arrestato e addirittura messo in riformatorio! Aveva sicuramente lasciato impronte digitali ovunque. Perché non aveva usato dei guanti? E ovviamente l'avrebbero anche incolpato delle azioni del fantasma.

Dopo cena, quando suo padre lo chiamò per farsi aiutare a lavare i piatti, David diede in escandescenze. Suo padre lo rimproverò dicendo che stava facendo i capricci come un marmocchio. David si imbestialí e gli diede dell'idiota, cosí Terry lo spedí in camera per un'ora.

Un quarto d'ora dopo, quando sgusciò fuori e il suo papà volle sapere perché fosse cosí permaloso, mentí magnificamente dicendo di essere stato preso in giro a scuola. Terry si preoccupava sempre che venisse preso di mira per la sua statura. David riuscí a ingannarlo fin troppo bene. Il papà gli assicurò che avrebbe telefonato a scuola.

– No, no, devo risolvere la questione da solo, – disse David.

Suo padre sorrise, orgoglioso del coraggio del figlio: pure lui era basso, ed era abituato a essere preso in giro.

– Ma niente risse, ok? – disse, apprensivo. Sapeva che quello era il tipico modo di David per risolvere i problemi.

– Non credo di arrivare a tanto, – lo rassicurò David. – Magari ne parlerò con gli insegnanti.

Terry era cosí positivamente sorpreso dal nuovo e maturo atteggiamento di suo figlio che si sentí terribilmente in colpa per averlo spedito in camera sua, e si scusò, come se fosse stato lui a sbagliare.

Robert Alveston aveva trascorso una bella giornata. La sua memoria, che andava e veniva come un corvo su un prato, era rimasta al suo posto. Aveva riordinato l'appartamento e scritto una lettera ai suoi nipoti australiani, senza accennare ai suoi recenti problemi: non voleva farli preoccupare.

Ogni tanto gli scrivevano per invitarlo a trasferirsi da loro, e lui qualche volta ci aveva fatto anche un pensierino. Ma ora che stava peggiorando con la testa, l'idea di farsi vedere da loro gli faceva paura. Chissà, magari di lí a poco avrebbe avuto bisogno di essere assistito ventiquattr'ore su ventiquattro. I suoi nipoti avevano bambini, erano persone impegnate: gli avrebbe solo complicato la vita.

Al pomeriggio era uscito per spedire le lettere e fare un po' di spesa. Nell'ultimo periodo la sua mente partiva – come diceva lui – proprio nei momenti meno opportuni, ma stavolta era tutto perfetto. Per cena si era preso un'aringa e delle patate: l'avrebbe preparata in crosta di avena fritta nel grasso di pancetta. Aveva comprato anche gli ingredienti per fare qualche torta: Jeremy Spalding, il presidente dell'associazione dei condomini e sua moglie, una signora di mezza età con i capelli grigi, che vivevano due piani sotto di lui, erano passati di recente a vedere come stava, a dargli una mano e fare due chiacchiere. Avrebbe fatto tre torte, una per ciascuno di loro due e una per sé, giusto per far vedere che ce la faceva ancora e che sapeva dimostrare la sua gratitudine.

Non vedeva l'ora di tornare al suo appartamento bello e ordinato. Ci aveva messo tanto per metterlo a posto, un paio di giorni prima. Aveva fatto un ottimo lavoro ma c'era voluto un bel po' di tempo per riprendersi dallo sforzo. I lavori domestici lo affaticavano molto, perciò aveva pensato di prendere una donna delle pulizie dei servizi sociali: il giorno dopo infatti sarebbe venuta una signora a dare un'occhiata, e lui voleva fare bella figura. Per la prima volta da anni aveva rassettato la casa, però dovette ammettere che la fatica l'aveva distrutto.

Quando aprí la porta niente era come avrebbe dovuto essere. Tutte le sue cose erano state cambiate di posto e messe in disordine: un disastro! Doveva aver avuto un altro dei suoi attacchi prima di uscire, ma non ne aveva mai avuto uno cosí devastante. Il frigo era spalancato. Aveva mangiato tutti i biscotti al cioccolato e sbriciolato sul tappeto; si ricordava benissimo di aver passato l'aspirapolvere, ma non di aver mangiato i biscotti. I bellissimi gigli che aveva comprato erano sul pavimento, calpestati, rotti. C'era della pipí sul pavimento del bagno. Una scena orribile!

La cosa peggiore era che le sue due foto preferite, di lui e Tulipano, erano state gettate per terra e schiacciate, e che la collezione di decorazioni natalizie tedesche era tutta rovinata. Il coro degli angeli era sparpagliato sul tavolo. Il trombone di filo d'oro era stato raddrizzato e l'angelo che lo suonava l'aveva usato per strangolarne un altro. Sulle statuette erano disegnate delle stupide smorfie infantili. E la chiave del carillon era introvabile.

Quel carillon era uno degli oggetti piú preziosi. Subito pensò di aver messo la chiave in tasca per evitare di perderla, anche se non lo faceva mai. Mollò per terra le borse della spesa e controllò tutte le tasche: mise manciate di monetine sul tavolo, ma della chiave nessuna traccia. Poi vuotò le borse sul divano, per vedere se era caduta lí dentro, ma niente.

Cominciò a girare per l'appartamento parlando da solo e spremendosi le meningi per ricordare cosa aveva fatto e dove aveva messo la chiave. Che angoscia! Forse cominciava ad avere le crisi anche quando sembrava di aver avuto una buona giornata. Non c'erano spiegazioni per il disastro che aveva combinato: forse avrebbe dovuto davvero farsi ricoverare, ma il pensiero lo terrorizzava.

Continuò a cercare la chiave, guardando di nuovo nelle tasche temendo di aver solo pensato di aver controllato, senza però averlo fatto davvero. Tornò al carillon per verificare se aveva solo immaginato che non ci fosse più la chiave – una volta che il cervello parte, non ci si può più fidare di nulla, e men che meno di se stessi. Poi passò in rassegna tutti gli armadi e i cassetti, spostando tutto sul pavimento e rovesciando le cose man mano che si agitava. Vuotò perfino il frigo. Ficcò le dita nel burro per vedere se era lí. Avrebbe potuto fare qualsiasi cosa senza saperlo! Bastava pensare all'incidente dei pantaloni. E a quella volta che si era immaginato un ragazzo nel condotto di aerazione.

Esaminò tutto l'appartamento, cercando la chiave che non c'era, finché la casa non diventò un caos totale. Era esausto, al punto che si dimenticò dell'aringa e delle torte. Mangiò un po' di frutta secca, uvetta, noci e scorza d'arancia, da un sacchetto che aveva trovato sul pavimento, e andò a dormire vestito, disteso su una pila di panni che aveva tirato fuori dai cassetti e appoggiato sul letto. Si svegliò a notte fonda, accaldato, sudato e appiccicaticcio, con la gola secca come carta vetrata.

L'assistente sociale

Due signore di mezza età camminavano velocemente nei corridoi di Mahogany Villas, facendo ticchettare le scarpe sul pavimento. Erano lí per
lavoro.

– La cosa piú triste è vedere quanto ci rimangano
male questi poveri anziani, – disse Alison Grey, l'assistente sociale. – Soprattutto quando sono ancora in
grado di capire che c'è qualcosa che non va.

– Una volta andavo da un signore che pensava
di essere perseguitato, – disse Sis Parkinson, l'altra
signora. – Si chiamava Angel Fellman, e da giovane
aveva girato il mondo in nave, come mozzo. Molto
onesto, orgoglioso e pulito, ogni mattina andava a
rovistare nella spazzatura, pensando di aver perso
qualcosa, ma poi se ne dimenticava per il resto della
giornata. Cosí usciva, e quando tornava gli sembrava che qualcuno si fosse introdotto in casa e avesse
sparpagliato l'immondizia dappertutto. Mi diceva:
«È come essere perseguitati da se stessi».

– Non so mai cosa rispondere, – commentò Alison Grey. – Non si può nemmeno confortarli dicendo che passerà, che le cose andranno meglio. Sarebbe una bugia.

– Avevo una vecchietta deliziosa, Thelma Racket, che era stata una psichiatra, – aggiunse Sis Parkinson. – Sapeva *perfettamente* quello che le stava succedendo e non riusciva ad accettarlo. Diceva: «Non avrei mai pensato che sarebbe capitato a me». Be', dicevo io, chi lo penserebbe, Mrs Racket? Aveva un gran senso dell'umorismo, ma si dimenticava delle barzellette che mi aveva già raccontato. Da giovane andava in bici, e aveva anche avuto un monociclo, e tutte le volte che andavo da lei mi diceva che dal monociclo le era toccato passare ai triciclici...

– Cosa? – chiese Alison.

– I triciclici, gli antidepressivi.

– Ah! – esclamò Alison. – Divertente!

– Non tanto, dopo che l'hai sentita centinaia di volte, – rispose Sis.

– È cosí doloroso vederli perdere la propria personalità!

– Com'è Mr Alveston?

– Oh, molto carino, molto buono. Non ti darà nessun problema.

– Ma *com'è*? Nel senso...

– Be', un po' fuori, in realtà.

Sis fece un verso di disapprovazione: Alison era abbastanza piacevole, ma restava sempre sul vago. Tanto, l'avrebbe scoperto da sola. Bussarono alla porta. Aprí un vecchio signore con i capelli bianchi, spettinato e senza dentiera. Robert si era lavato e aveva cercato di dare una sistemata alla casa, ma lo shock di averla trovata in quello stato disastroso gli aveva causato vari attacchi. Si era anche dimenticato che Alison sarebbe venuta con la donna delle pulizie, ma la cosa gli fece comunque piacere. Sorrise felice.

– Signore, – le salutò.

– Questa è Mrs Parkinson, che d'ora in poi verrà ad aiutarla a fare le pulizie, – la presentò Alison.

– Oh no, – Robert si girò a dare un'occhiata all'appartamento. – Non sono ancora pronto!

– Piacere di conoscerla, – disse Sis, stringendogli la mano.

Il vecchio signore chinò educatamente la testa.
– Piacere mio, – rispose. – Entrate, prego, e scusate il disordine.

Le due signore entrarono e Sis valutò con occhio esperto lo stato della casa. Aveva visto di peggio. Qualcuno aveva passato l'aspirapolvere di recente; era un po' sporco, ma le persone anziane non ci vedono abbastanza per notare la polvere. La cosa piú spiacevole era un odore di pesce cui non accennò per educazione.

75

– Ci metterò un attimo, è già stato fatto quasi tutto! – esclamò Sis.

Mr Alveston sorrise. – Davvero? Devo aver dato una ripulita. Gradite una tazza di tè?

– Oh, sí, grazie. Tè, biscotti, due chiacchiere, e poi via! Al lavoro. Cosa ne dice?

– Non avrà problemi con le chiacchiere, – disse Alison. – Occhio, questo qui è un vecchio sfacciato, eh!

– Ma se ho piú di novant'anni! – protestò Mr Alveston, con un sorriso che andava da un orecchio all'altro. L'idea di essere sfacciato alla sua età lo estasiava.

Sis andò in cucina a mettere su l'acqua. Alison rimase per una chiacchierata veloce, con tutte le sue carte ancora in mano. Sis era fantastica: si rendeva conto che il suo lavoro consisteva nell'offrire un po' di compagnia a questi poveri vecchietti, oltre che dare una mano in casa, e questo le piaceva.

Robert e Sis si sedettero a tavola con tè e digestive al cioccolato, raccontando un po' di sé.

Sis apparteneva a una grande famiglia dove le donne si erano sempre rivelate forze della natura, capaci di persuadere un mulo con la forza, nel caso non ci fossero riuscite a parole. Vivevano in modo travolgente, come tornado, e morivano prima dei settantacinque anni. Quelli che le sposavano erano omuncoli che venivano tiranneggiati tutta la vita,

76

diventavano dementi e morivano vecchissimi – novanta e oltre, nella maggior parte dei casi.

Robert le disse che era pura furbizia: gli uomini lasciavano semplicemente che fossero le donne a fare tutto il lavoro. Sis commentò che in quel caso pagavano la pigrizia con il rincretinimento degli ultimi anni.

Robert raccontò di come era finito ad abitare in un appartamento a Kentish Town, da solo. Spalancò le braccia e fece un sorriso stanco. – È andata cosí, per una qualche ragione, – disse. – Ma non posso lamentarmi: ho avuto una vita meravigliosa e in realtà... be', sto solo aspettando di andarmene.

– Ma non dica cosí! – protestò Sis.

– Oh, immagino che pensi che mi stia autocommiserando, ma non è cosí. Sono molto vecchio, e arriva il momento, con tutta la buona volontà, in cui ci si sente stanchi e si ha voglia di riposare. Non c'è niente di male. C'è un tempo per morire, viene per tutti, e io ho cominciato a desiderare che arrivi, ecco. L'unico problema è che non so come. Mi capisce, Mrs Parkinson?

– Mi chiami Sis, diamoci del tu, – disse lei. Lui non rispose. Sis capiva, e trovava bellissimo che Mr Alveston si sentisse cosí ma, come capita a tanti, le riusciva difficile parlare di questi argomenti.

– Ti sentiresti meglio se tu avessi vicino la tua famiglia e i tuoi amici, – disse. – Penso che tu abbia cambiato troppi paesi durante la tua vita –. E gli raccontò la storia di una sua cugina che aveva vissuto dappertutto, e quando sua figlia si era sposata c'erano solo quaranta persone al matrimonio. – Ora, io ho sempre abitato qui, e quando mia figlia si è sposata, al matrimonio c'erano trecento invitati! – si vantò. Era così compiaciuta che si alzò e diede una spolveratina veloce, prima di tornare a sedersi.

– Be', ho sempre pensato di finire i miei giorni a Londra, ma qui è tutto troppo veloce per me, – spiegò Mr Alveston. – Tutti che corrono freneticamente! Sarei dovuto restare a Parigi.

– Perché non ci torni?

– Sono troppo vecchio. Ed è troppo tardi. Sono cinque anni che spero che la situazione migliori, ma non succede mai. Triste, no?

Sí, era triste, convenne Sis. Lo guardò da sopra le lenti degli occhiali. – Allora, come te la cavi? Sembra che tu sia ancora in grado di fare tutto. Hai molti vuoti di memoria?

Robert arrossí un po' e ammise che sí, ne aveva. – Ieri, quando sono rientrato, l'appartamento era tutto sottosopra. Era come se qualche ragazzino maleducato mi avesse fatto dei dispetti, e non ricordo assolutamente di aver fatto cose del genere.

– Succede spesso?

– Sempre di piú, nell'ultimo periodo, – confessò tristemente. – La cosa peggiore è che sono consapevole che non passerà.

– Be', ciò non vuol dire che debba degenerare, – replicò Sis.

– Nel mio caso, purtroppo, sí.

– Oh, andrà tutto bene! – cercò di sdrammatizzare Sis, ma Robert sospirò e scosse la testa.

– Un'altra cosa che odio, – aggiunse, – è perdere i miei ricordi.

– Nel senso di perdere la memoria?

– No, proprio i ricordi. Sto perdendo anche la memoria, a dir la verità, da anni ormai: non mi ricordo dove metto le cose, e cosí via, ma quello è un altro discorso. Dico proprio i ricordi: le cose successe tanto tempo fa. Non mi ricordo piú chi ero quando ero piccolo –. E la guardò come se le stesse dicendo qualcosa di enorme importanza.

– Non credo di aver capito bene, – disse Sis, prudente.

– Non mi ricordo chi ero! Non mi ricordo la mia infanzia, niente! Sai, passavo delle giornate seduto in poltrona a rivivere le avventure di quand'ero ragazzo, ma ora tutti quei ricordi se ne sono andati. Ricordo ancora le cose che mi sono successe da adulto, come se le avessi vissute ieri, ma non la mia infanzia... sparita, andata, kaputt!

– Quando è successo? – chiese Sis.

– Giovedí sono cinque settimane, – rispose il vecchio, con sicurezza.

Sis sorrise.

Mr Alveston era adorabile! Era un po' strambo ovviamente, perché la gente non perde i ricordi in quel modo, ma era una pazzia dolce e particolare che lei trovava tenera.

– I ricordi torneranno, con la coda tra le gambe, – disse.

Robert le sorrise. Non era pazzo: le stava raccontando la pura verità. Aveva perso tutti i ricordi della sua infanzia in quel giorno, ora e minuto precisi, quando si era svegliato e aveva visto quello strano ragazzo sul pavimento, che poi era saltato nel condotto di aerazione come un gatto. Era abbastanza pazzo da non rendersi conto di quanto quella cosa fosse improbabile.

Sis si alzò e cominciò a pulire l'appartamento, senza fatica, spazzando con energici movimenti delle braccia muscolose, mentre Robert la guardava seduto sul divano, ammirando la sua giovinezza, la sua bellezza e la sua forza. In realtà Sis non era né giovane né bella, ma agli occhi di un ultranovantenne appariva proprio cosí. Di sicuro però era forte: riusciva a sollevare suo marito con un braccio e spadellare frittelle con l'altro senza nemmeno sudare.

– Oh, mi piace guardare la gente al lavoro, – la stuzzicò Mr Alveston, guardandola dalla sua comoda poltrona.

– Mhm, finché guardi il lavoro, – rispose Sis.

– Ma se ho quasi cent'anni! – ribatté lui.

Fece finta di chinarsi per sbirciarle sotto la gonna, e Sis disse:

– Per fortuna stamattina mi sono messa le mutandine pulite, vecchio caprone.

E Mr Alveston rispose: – Vedo, rosse eh? – Sis arrossí, e di conseguenza anche lui. Pensò di aver oltrepassato il limite, e andò in camera ad aspettare che finisse.

Sis si sbrigò in fretta. L'unica cosa sgradevole fu recuperare una vecchia aringa finita dietro il divano, che ovviamente era la causa della puzza di pesce. Nessun problema: in altri posti aveva visto cose inimmaginabili.

Poi Sis chiese a Robert se avesse bisogno di un po' di spesa, ma lui disse che preferiva andarci di persona.

– Se vai alla Spar, è sulla strada per andare dal mio prossimo vecchietto. Potremmo andarci insieme, – propose Sis. Lui si mise il cappotto, mentre lei si dava una sciacquata, e poi, chiacchierando fitto fitto come due scoiattolini su un albero, uscirono a braccetto e scesero le scale.

L'appartamento rimase tranquillo per qualche minuto. Poi ci fu un lieve rumore, come uno sfregamento, che aumentava sempre di piú: sembrava venire da dietro il muro. Improvvisamente, una faccia sporca comparve da dietro la grata del sistema di ventilazione, sopra la poltrona.

David aveva sentito tutto. Si era nascosto all'angolo del tubo per ascoltare. Adesso capiva cosa intendeva suo padre quando diceva che il vecchio era arteriosclerotico. Si sentiva in colpa per aver messo sottosopra l'appartamento. Era stato stupido e crudele, e adesso gli dispiaceva. Povero vecchietto!

Ma non si sarebbe dovuto avvicinare tanto all'appartamento, se veramente non avesse voluto fare altri danni. La presenza di David nelle tubature aveva risvegliato qualcos'altro, che, al contrario, non era per niente dispiaciuto. Mentre era disteso sulla pancia a spiare da dietro la griglia, sentí dei rumori provenire dalla cucina. Arretrò velocemente, ma era troppo tardi.

Il rumore si fermò. David sentí una voce, forse piú nella sua testa che nelle orecchie: non capiva bene, cosí si fermò ad ascoltare, e poi la udí benissimo, una voce alta, questa volta. Era forte come una campana, e veniva dalla cucina.

– Dai, vieni! – diceva. – Rompiamo tutto!

Era il fantasma. David si sentí gelare. Aveva paura

adesso – non di quello che avrebbe potuto fare a lui, ma all'appartamento di Mr Alveston. Dalla cucina il rumore riprese piú forte di prima. Gli oggetti cominciarono a cadere e rompersi. Poi, davanti ai suoi occhi, mentre fissava lo scorcio di stanza che era visibile da lí, un altro quadro crollò a terra.

– No! Fermati! – gridò. Non voleva che succedesse ancora! Strisciò in avanti nel cunicolo, e mentre si avvicinava, un vento devastante spazzò i muri: i quadri caddero uno dopo l'altro – uno, due, tre, quattro, cinque, sei, sette. Si infransero al suolo, e alcuni si sbriciolarono, come se un piede fantasma li avesse pestati.

– Basta! – gridò di nuovo David, e spostò la grata iniziando a scendere. I rumori cessarono quando toccò il pavimento. Vide il fantasma in un angolo: la faccia contratta dalla rabbia, le mani strette a pugno.

– Distruggiamo tutto! – ruggí.

– Taci! Ci sentiranno! – sussurrò David. Corse in cucina. Dal frigo spalancato era venuta giú una massa indistinta di alimenti: latte, burro, una vaschetta con della salsa bianca solidificata, piattini di avanzi, pezzetti di formaggio, di tutto. Mentre lui guardava, immobile, un filo di latte cominciò a gocciolare sul pavimento.

David cominciò a mettere tutto a posto, ma alle

sue spalle sentí riprendere il tornado. Fece in tempo a correre nell'altra stanza per vedere oggetti che volavano giú dalla cappa del camino e si frantumavano per terra.

– Smettila! – urlò. – Cosa c'è che non va? Smettila, per favore, smettila! – urlò ancora.

Non riusciva a vedere bene il ragazzo che sembrava materializzarsi qua e là dal nulla, ma un paio di volte la sua faccia gli balenò davanti: era lunga, bianca come un lenzuolo, con la bocca aperta; il suo corpo sembrava fatto di venti furibondi e contrapposti. L'espressione era feroce.

– Lo odio! – gridò il ragazzo. – Lo odio! – La faccia si sciolse in lacrime, e una furia distruttrice si abbatté sull'appartamento, scatenandosi contemporaneamente in posti diversi. David osservò orripilato le decorazioni che si fracassavano e i libri che precipitavano dalla libreria. Il carillon volò giú dal tavolino e lui scorse un baluginio sinistro del meccanismo interno. Cominciò a suonare un'orrenda musichetta stonata.

– Smettila! Ti prego, smettila! – strillò ancora una volta. Ma non poteva farci niente: in lacrime, David si arrampicò nei tubi per tornare a casa il piú velocemente possibile. Dietro di lui, il fantasma gli urlava di tornare indietro a giocare.

– Non andartene, non andartene! – gridava. – Se te

ne vai vengo a prenderti io! David serrò la mascella e schizzò avanti con forza. Una folata di vento cominciò a farsi strada attraverso i tubi come una corrente d'aria calda e infuriata. Improvvisamente si ritrovò in un vortice di pezzetti di carta e fotografie volati fuori dall'appartamento del vecchio, che lo colpivano in faccia e gli andavano negli occhi. Poi avvertí una mano fredda e dura che lo afferrava per la caviglia, stringendola fin quasi a rompergli l'articolazione. Con un'ultima spinta, David sbucò nel tubo che conduceva al suo appartamento, riuscendo a strappare dalla morsa gelida il piede diventato duro come un mattone. Subito dietro di lui sentiva il fantasma scendere con un fracasso assordante, urlare come un bambino e lanciarsi contro le tubature come un grosso cane rabbioso.

– Non lasciarmi! Non lasciarmi! Te la farò pagare! – ululò.

David crollò nel soggiorno, si tirò su e sistemò la grata al suo posto, nel muro, con mani tremanti. Per un orribile secondo vide la faccia del fantasma attraverso il reticolo, deforme per la rabbia come una palla di carta stropicciata, con i denti simili a file di piccole zanne scintillanti che mordevano la grata, prima che scomparisse come una nuvola di polvere davanti ai suoi occhi.

Quando tornò a casa, piú o meno un'ora dopo, Mr Alveston rimase stupefatto e inorridito. Sis aveva pulito l'appartamento: lui era lí mentre lei lo faceva. E ora... Non aveva mai visto un disastro simile.

Doveva aver avuto un altro dei suoi attacchi. Ma quando? Non c'era stato il tempo! Era stato fuori, santo cielo! Era possibile che fosse andato a fare la spesa, tornato a casa, combinato tutto questo e poi uscito di nuovo per tornare e farsi schifo da solo in questa maniera? Era come Doctor Jekyll e Mr Hyde. Non appena era tutto pulito e ordinato, sgusciava di nascosto da se stesso e distruggeva tutto quello che gli capitava per le mani. Poteva dire di essere stato lui, perché aveva scelto esattamente gli oggetti a cui teneva di piú – le foto con Tulipano, con sua moglie Greta in Germania, e con i suoi bambini – tutto quello che riguardava i suoi ricordi piú belli. Nessun altro avrebbe potuto sapere cosa scegliere per ferirlo di piú.

Si stava forse trasformando in una persona orribile e stupida a cui non importava nulla di nessuno? Era proprio come se fosse perseguitato dalla sua stessa mente. Cosa avrebbe detto Sis se l'avesse saputo?

Andò in cucina e vide il frigo che sembrava aver vomitato tutto il suo contenuto. Era una scena mostruosa! Ma l'assurdità era che aveva anche cominciato a rimettere a posto. Sul pavimento, poi, c'era un alone umido, come se qualcuno avesse ripulito, e alcuni contenitori che si erano rovesciati erano stati riposti. Doveva essere davvero impazzito.

Mr Alveston prese uno straccio, si inginocchiò sul pavimento e continuò a pulire. A metà del lavoro, improvvisamente, si alzò in piedi ed esclamò: – Ma io ero uscito!

Però, se non era stato lui... a chi dare la colpa? Anche se era convinto che non bisognava credere alle proprie fantasie, si alzò e cominciò a girare per l'appartamento, cercando qualche indizio che gli dimostrasse che era stato qualcun altro. Ma non trovò nulla.

Conversazione con il fantasma

Quella notte David sentí di nuovo piangere. Il ragazzo fantasma piangeva da solo, come se non sapesse o non gli importasse che qualcuno lo stesse ascoltando. Il suono era piú forte e piú udibile di prima, come se il fantasma stesse diventando piú reale ogni volta che lui andava nei tubi. David si sedette sul letto ad ascoltare.

– Cosa c'è che non va? – sussurrò. Il fantasma non rispose, ma i singhiozzi si intensificarono. David era certo che l'avesse sentito.

– Dove sei? – chiese ancora.

Il fantasma tirò su col naso e una voce disse, dal nulla: – Mi sono perso.

– Perso? – David era stupito. Si guardò intorno e cercò di capire da dove venisse la voce. – Dove vuoi andare? – chiese.

– Non lo so, mi sono perso.

– Be', da dove vieni, allora?

– Chissenefrega, da dove vengo, – sibilò il fantasma. David rise. Un fantasma che diceva le parolacce!

– Chissenefrega! – ripeté il fantasma, e stavolta David capí da dove veniva la voce: dal pavimento, di fianco al suo letto. Quando si girò a guardare, il fantasma era lí. Era rivolto verso il muro, ma aveva la testa girata verso di lui per guardarlo, e David poté vedere la sua faccia lunga, rigata di lacrime, che scoppiava in una risata. Diventava sempre piú grande, e David pensò che il ragazzo si stesse tirando su, ma non era cosí: la sua faccia si stava semplicemente dilatando. Forse era solo il modo in cui il fantasma si avvicinava, ma David urlò dalla paura. Poi la risata si dissolse, e cosí anche il corpo, lasciando solo uno strano pallore dove il fantasma si era seduto.

– Sono qui ora, – disse dolcemente una voce, e David quasi saltò fuori dal letto per la paura, perché improvvisamente non veniva piú dal pavimento di fianco al suo letto, ma da dietro la grata del condotto di ventilazione. Ci fu una pausa, poi la voce disse chiaramente: – Vieni dentro con me.

David sentí un brivido di eccitazione scendergli lungo la spina dorsale. Andare lí dentro, di notte, insieme a un fantasma? Scosse la testa.

– Perché vuoi che venga dentro?

– Possiamo prendere quel vecchiaccio.

– Chi sei? Come ti chiami?

89

– Non ho nome, – rispose il fantasma.

– Devi avere un nome.

– No.

Il fantasma sembrava arrabbiato, cosí David disse: – Ti chiamerò Charlie, allora.

– Non mi chiamo cosí.

Sembrava che la voce si stesse muovendo, e David si sentí strano: stava cercando di parlare con qualcuno che aveva sí e no una forma. Accese la luce sul comodino, scivolò fuori dal letto e andò a dare un'occhiata ai tubi. Non si vedeva niente.

– Dove sei? – chiese.

– Qui... qualche volta –. Il fantasma rise. – Ora sono qui, ora da un'altra parte. Vieni dentro. Se vieni dentro mi vedi.

– Da un'altra parte dove?

– Un'altra parte, non qui.

– È da lí che vieni?

– Prima stavo con gli altri.

– Quali altri?

– Non so, gli altri.

– Dov'è che eri, quando stavi con gli altri?

– Non lo so.

David stava perdendo la pazienza. Le risposte del fantasma erano evasive. Nessun nome, nessun posto, niente.

– Perché mi vuoi?

– Perché mi sento solo qui, voglio che giochi con me.

– Non mi piacciono i tuoi giochi, – disse David, angosciato, ricordando quello che era successo nella casa del vecchio.

Il fantasma rise. David pensò di averlo scorto di nuovo. Aguzzò la vista, immerso nell'oscurità. – Non mi è piaciuto quello che hai fatto all'appartamento.

– Lo odio! È cattivo e vecchio. Vuole prendermi!

– Vuole prenderti? E perché?

– Mi vuole, mi vuole dentro di sé, ma non mi avrà.

– Cosa? Pensi che voglia mangiarti? Che idiozia.

– Tu non capisci. Vieni dentro con me.

– No.

– Per favore. Ho paura da solo. Possiamo diventare amici. Vieni dentro...

– Sono stanco, domani devo andare a scuola. Io...

– Faresti meglio a fare quello che ti dico. Posso prendere te come prenderò lui. Tu...

– No! – urlò David, spaventato.

Arretrò dalla bocchetta e il fantasma gemette come se gli avesse provocato un dolore disumano. Rivide la creatura come in un flash, davanti ai suoi occhi. Qualcosa era andato per il verso sbagliato. Le sue mani si stavano protendendo in avanti, aggrappate alla grata, e il suo corpo si stava allungando verso il

cunicolo come se una forza estranea lo stesse risuc-
chiando. Non voleva andarci, e si teneva piú forte
che poteva: aveva la bocca spalancata e urlava, ma
David non sentiva alcun suono. Vedeva le dita bianche aggrappate alle sbarre, vedeva perfettamente la
faccia; sentiva perfino il respiro freddo del fantasma,
che sapeva di polvere e di metallo gelido.

David saltò in piedi con un grido, incerto se correre via o aiutarlo, ma un attimo dopo la forza diven-
ne troppo forte e il ragazzo fu risucchiato. Sentiva il
corpo del fantasma che sbatteva e scivolava lungo le
tubature, mentre veniva trascinato nelle profondità
dell'edificio.

Calò il silenzio. Circa dieci secondi dopo, il pianto ricominciò, per uno o due minuti. Poi David non
sentí piú nulla per tutta la notte.

La perspicacia di Sis Parkinson

Sis Parkinson tornò a fare le pulizie da Mr Alveston il giovedí pomeriggio. Quell'anziano signore le piaceva: trovava divertente che facesse finta di guardarle sotto la gonna per vedere di che colore avesse le mutandine, anche se entrambi si sarebbero vergognati se fosse successo davvero. Aveva avuto una vita interessante, era simpatico, colto, e sapeva tante cose. Era una buona compagnia.

A Sis dava l'impressione che fosse un ragazzino impertinente intrappolato in un corpo da vecchio: quando l'aveva accompagnato a fare la spesa, l'ultima volta, si era aggrappato al suo braccio tremando come una foglia... Era cosí fragile.

– Come ci si sente a essere vecchi? – gli aveva chiesto.

– Non mi sento per niente diverso da quando avevo dieci anni. È come se fosse tutto logorato, – era stata la sua risposta.

Questa volta aveva portato una bottiglia di vino

rosso, arachidi e altri snack: aveva pensato, finite le pulizie, di tirar fuori due bicchieri, mettere le noccioline in una coppetta, sedersi con Mr Alveston e diventare un po' allegri insieme, prima di tornarsene a casa. Avrebbe fatto bene a lui, e a lei.

«Se avesse quaranta o cinquant'anni di meno potrebbe perfino piacermi», aveva pensato mentre aspettava l'ascensore. «O se io avessi cinquant'anni di piú», aggiunse, scoppiando a ridere forte a quel pensiero, proprio mentre si aprivano le porte da cui uscí una signora di mezza età, con in braccio un barboncino, che la guardò come se fosse matta a ridere da sola in quel modo.

«Sono un po' suonata anch'io», pensò Sis.

Ma quando arrivò all'appartamento di Mr Alveston il suo buonumore svaní di colpo.

Il vecchio signore era deperito, un'ombra di se stesso. In due giorni era invecchiato di anni. La fermò con angoscia sulla porta e le disse che per quel giorno non aveva bisogno, ma quando lei gettò un'occhiata nell'appartamento vide che era stato letteralmente distrutto. Dovette lottare prima che lui si facesse da parte con un gesto di resa e la lasciasse entrare. Robert si sedette al tavolo, fissandosi le mani rugose, e tremando molto di piú dell'ultima volta. Non si era fatto neanche la barba, era ancora in pigiama e sembrava depresso.

– Cosa c'è, caro, cos'è successo?

– Niente, niente, – rispose lui.

Sis mise il broncio.

– Hai uno dei tuoi attacchi, Robert? – gli chiese.

– Non so, Sis. Sembra che non sappia cosa stia facendo al momento, proprio non lo so.

Sis si guardò intorno: un caos del genere non l'aveva mai visto. Aprí la borsa e tirò fuori la bottiglia. L'appartamento poteva aspettare. Prima le persone poi le pulizie, era il suo motto.

Mr Alveston era cosí angosciato e spaventato per quello che succedeva che non voleva parlarne, poiché era sicuro che l'avrebbero rinchiuso se l'avessero saputo. Ma una volta che Sis gli ebbe dato il via, venne fuori tutto: povero vecchietto! Non c'era da stupirsi che fosse ridotto cosí. Stava distruggendo il suo appartamento senza neppure rendersene conto!

– È un vuoto di memoria piuttosto strano, – commentò Sis.

– Non riesco proprio a ricordarmi quando l'ho fatto, – disse lui. – Cioè, eravamo fuori, no? Stavo passando una bella giornata. Pensavo di essere in grado di ricordarmi quello che avevo fatto in ogni momento, quando eravamo fuori. Però devo essere tornato, devo aver rotto tutto e poi essere uscito e rientrato... Mi sembra cosí... chiaro. È come se fossi due persone diverse. Non è solo che sto andando un po' fuori di testa, vero Sis? È che sto impazzendo del tutto. Non voglio diventare matto, anche se agli occhi degli altri non dovrebbe essere un problema, a novant'anni. Non è giusto!

– Ma non stai diventando matto, – disse Sis, anche se non ne era proprio sicura. – Se tu fossi dovuto impazzire, sarebbe già successo anni fa. Ora, che altro è accaduto?

Mr Alveston raccontò il resto della storia. Sentiva delle voci; vedeva delle cose: un ragazzo nel condotto di aerazione, per esempio.

– Un ragazzo? Nel condotto di aerazione?

– Sí, – confessò Mr Alveston, e guardò Sis con la coda dell'occhio per vedere la sua reazione. Era la prima volta che lo diceva a qualcuno e, anche se sapeva che era ridicolo, avrebbe tanto desiderato che Sis saltasse su e dicesse che era vero.

Sis si girò per osservare la grata sul muro, poi tornò a guardarlo.

– Be', – disse.

– Si spiegherebbe tutto, – disse Mr Alveston. – Vedi? Se dei bambini hanno trovato il modo di entrare, sono stati loro e non io. Sono stati loro a fare tutte queste cose orribili. Capisci, Sis?

Oddio. Era peggio di quanto pensasse. Quando i vecchi cominciano a inventare delle storie per spiegare quello che gli sta succedendo, sono già completamente andati. E quando cominciano a crederci... be', è fatta.

Oddio, oddio, sembrava che Alison avesse ragione. Avrebbe dovuto essere ricoverato.

– Non è impossibile, – insistette Mr Alveston. Cominciava a farfugliare. – Poniamo che sappiano quando esco e quando torno. Potrebbero essere qui adesso. Potrebbero ascoltare tutto quello che stiamo dicendo.

Oh signore, oh signore, oh signore.

– Be', sí, non è impossibile, – rispose cauta Sis. – Sono successe cose piú strane, lo so. È solo che non è molto verosimile, no?

– Lo sapevo, sto davvero impazzendo, – gemette il povero vecchio. Si prese la faccia tra le mani e cominciò a piangere, e il cuore di Sis si sciolse per lui.

– Devo andare in una residenza per anziani, vero Sis? Non sono piú al sicuro qui, vero?

– Be', – rispose lei con grande senso pratico. – La prima cosa da fare è verificare se questo è vero o meno, e poi ci preoccuperemo di quello che è successo qua dentro –. Accarezzò quella povera vecchia testa. – Ora, bevi un po' di vino, – disse, prendendo il suo e mandandolo giú in un sol colpo, – e diamo un'occhiata a quella grata.

Appoggiò il bicchiere e si avvicinò alla griglia, con Mr Alveston che le trotterellava dietro. Era talmente piccolo e fragile che doveva stare attenta a non fare scatti o salti, per non farlo cadere. Prese una sedia, la spostò contro il muro e ci salí sopra per dare un'occhiata.

– La grata viene via facilmente, basta sfilarla, – disse Sis. – Hai una torcia? – chiese, ma Mr Alveston era già corso a prenderla.

Il raggio giallo proiettò un lungo dito luminoso nel cunicolo. Non si vedeva altro che macchie di polvere e sporco, ma fu proprio quello ad attirare l'attenzione di Sis. Era una cosa che avrebbe potuto notare solo una persona abituata a fare le pulizie. Il tubo sarebbe dovuto essere o completamente sporco o completamente pulito, invece aveva piccoli triangoli e strisce di sporco unticcio qua e là, proprio come se qualcuno strisciando avesse portato via gran parte della polvere con i vestiti man mano che procedeva.

– Questo è molto strano, – osservò Sis. Scese dalla sedia ed esaminò il muro sotto la grata. C'erano delle macchie e dei segni sulla carta da parati. Ora che ci pensava, si ricordò di aver pulito numerose macchie nere con uno straccio umido, l'ultima volta che era stata lí.

Sis passò dall'altra parte del tavolo e bevve un lungo sorso di vino. Mr Alveston la osservava ansioso cincischiando con il cordino del suo pigiama, ma lei non disse niente. Non voleva illuderlo. Magari era

stato lui a tirar via lo sporco dalle tubature e a spor-
care il muro... chi poteva saperlo?

Ora, però, aveva fiutato la pista. Fece sedere il
vecchio signore e uscí nel corridoio fuori dall'appartamento, bussò a tutte le porte e chiese se qualcuno
avesse visto o sentito qualcosa di strano. Era pomeriggio, e molti erano al lavoro, ma riuscí ugualmente
a trovare qualcuno in grado di aiutarla. Due appartamenti piú in là abitava un ragazzo di nome Malcolm,
che lavorava di notte. Le disse che sí, aveva sentito
strani rumori provenire dal sistema di ventilazione,
ma aveva pensato che stessero facendo dei lavori...
perché, non era cosí?

Piú avanti trovò una signora di mezza età che
era andata in prepensionamento. – Oh sí. Si sento-
no rumori di ogni tipo, – confermò. – Ma vengono
dagli altri appartamenti, sa. Si sente proprio di tutto... non penso che la gente si renda conto di quanti
rumori conducano questi tubi. Qualche volta sono
cosí distinti che sembra di essere nella stessa stanza. È interessante. Litigi, discussioni, gente che s'in-
namora, storie che finiscono, di tutto. Però, non si
riesce quasi mai a capire le parole che dicono. Certe
volte vorrei rimpicciolire, cosí potrei infilarmi nei
tubi e ascoltare meglio. Proprio l'altro pomeriggio
ho sentito delle urla terribili. Spaventoso. Ero molto
preoccupata.

– E poi?

– Poi basta, piú niente –. La signora accennò un sorriso vago e Sis pensò che avrebbe dovuto fare qualcosa.

Piú avanti trovò un'anziana signora che abitava con tre gatti e un pappagallo di nome Filiberto. Ogni volta che qualcuno bussava alla porta, doveva coprire la sua gabbia con un panno perché il pappagallo diceva delle parolacce terribili: era stata lei a insegnargliele, e ne cercava costantemente di nuove, solo per divertirsi.

– Ah, ecco cos'era, – disse. – Mi ero dimenticata di quelle vecchie tubature: nel mio appartamento ho fatto murare le bocchette. Sí, dai muri ultimamente provengono tutti i rumori possibili e immaginabili, come se qualcuno strisciasse al loro interno. Per qualche strana ragione, in particolare il martedí e il giovedí, – aggiunse.

– Ok, – rispose Sis. – Grazie mille per l'aiuto.

Al piano di sotto, Sis trovò un'insegnante che aveva il giorno libero, a cui erano successe cose piuttosto bizzarre. Era cominciato tutto con uno stivale che non trovava piú, il sinistro; la settimana dopo lo stivale era tornato ed era sparito il destro, insieme al telecomando della tv e a un paio di altri oggetti.

– Si ricorda che giorno era quando sono sparite tutte queste cose? – chiese Sis.

Mary ci pensò su e disse che le sembrava fosse successo all'inizio della settimana, tipo martedí.

Sis tornò da Mr Alveston e gli raccontò quello che aveva scoperto, poi si dedicò alle pulizie.

Era infuriata come un rinoceronte.

Il secondo fantasma

Essere perseguitato da un fantasma era l'ultima cosa che David si sarebbe aspettato. Adesso capiva perché la gente ne era terrorizzata: perché i fantasmi erano i primi a essere pieni di paura. E questo rendeva il ragazzo pericoloso. Cosa voleva? Chi era, e come si chiamava veramente? I fantasmi sono una faccenda misteriosa. Da dove veniva, e perché infestava Mahogany Villas? La chiave dell'intera vicenda sembrava essere il vecchio Mr Alveston. Cosa aveva a che fare il fantasma con lui, e perché lo odiava così tanto?

Nei giorni successivi David ci rimuginò sopra, ma non trovò risposte. Di notte tendeva le orecchie per sentire quella voce misteriosa o il suono di un pianto provenire dai cunicoli, ma non udiva nulla. Magari il fantasma si era preso un periodo di riposo.

Martedí pomeriggio. David sapeva cosa sarebbe successo, appena fosse tornato a casa.

– Non ci andrò, – promise a se stesso. Poi lo disse ad alta voce: – Non ci andrò! – Gli rispose solo il silenzio, ma un silenzio con dentro qualcuno.

David bevve un po' di succo e accese la tele, ma per tutto il tempo pensò allo spazio oscuro che lo chiamava da dietro il muro. Ci volle pochissimo per rendersi conto che si stava sforzando di decifrare, nonostante il brusio di sottofondo della tele, un sussurro che – ne era certo – proveniva dal condotto. Non riusciva a capirlo, ma sentiva che se solo si fosse un po' avvicinato, o fosse entrato soltanto un pochino nei tubi, sarebbe riuscito a sentire cosa volesse dirgli il fantasma. Fece del suo meglio, ma il richiamo era troppo forte.

– Solo... oh, al diavolo! – sbottò. Si alzò, spinse il divano contro il muro e avvicinò la faccia alla bocchetta, trattenendo il respiro per ascoltare. Quel sussurro! C'era davvero, lo stava chiamando, ma ancora non riusciva a capire...

– Non ci vengo lí dentro, – disse, cocciuto, ma non ottenne risposta.

David si rimise a guardare la tele, ma non ci fu verso. Nel giro di cinque minuti si era cambiato, aveva spostato la grata e si era infilato nei tubi infestati.

– Solo un pochino, dai, – sussurrò.

Sentiva la presenza del fantasma lí dentro, dappertutto. Non lo vedeva ma c'era, lí nell'oscurità, nell'aria fresca, ovunque. David cominciò a strisciare verso l'appartamento di Mary, ma non era quello che il fantasma voleva.

– Non là, – disse la voce. – Non là. Di sopra, vai di sopra!

David sapeva che si stava mettendo nei guai, ma fece ugualmente quello che voleva il fantasma. Cominciò a retrocedere verso il tubo verticale: sentiva la gioia malvagia del fantasma tutt'intorno a lui. Aveva paura: magari avrebbero fatto qualcosa di veramente terribile, questa volta. Una trappola per Mr Alveston? Un meccanismo per farlo inciampare, qualcosa che gli cadesse sulla testa mentre apriva la porta? Doveva assicurarsi che non succedesse niente del genere.

Si era arrampicato al quinto piano e aveva cominciato a strisciare nel ramo che portava all'appartamento di Mr Alveston, quando avvertí un rumore dietro di lui. Era un rumore assordante, di qualcosa che sbatteva e sferragliava, ancora lontano, ma che si stava rapidamente avvicinando. David terrorizzato si immobilizzò.

– Cos'è? – sibilò.

Nemmeno l'altro era contento. David sentí l'atmosfera caricarsi di paura. Il fantasma se la stava facendo sotto.

– Cos'è? – urlò David, ma il fantasma non disse nulla. David sollevò le ginocchia da terra e guardò dall'altra parte oltre le gambe. Il rumore si stava avvicinando, veloce come un gatto. Poi, qualcosa sbatté contro l'asse che David aveva usato come ponte al piano di sotto. La caduta della tavola provocò un tale fracasso che riportò l'eco, forte come non mai, dalle tubature su verso di loro.

Il fantasma gridò e scappò via. Sentendolo precipitare lungo il cunicolo, anche David gridò e lo seguí, ma intrappolato com'era strisciava lentamente. Quella cosa lo stava inseguendo e l'aveva quasi raggiunto! Cos'era? Un altro spettro? Qualcosa che veniva dall'inferno per riprendersi il fantasma? Ansimando e sudando David si trascinava in avanti. Purtroppo non riusciva a guardarsi indietro, e quando giunse alla diramazione che portava all'appartamento di Mr Alveston, non resistette piú: si fermò, si mise carponi e guardò dietro tra le gambe, puntando la torcia. Giusto in tempo per vedere qualcosa di orribile emergere dal tubo.

Qualcosa di sottile e rigido. Osso, pensò David. Stava emergendo uno scheletro. Dal tubo sbucava un orribile, sottile osso di un braccio che bloccava la via d'uscita.

Con un altro urlo lacerante, David si precipitò verso l'appartamento di Mr Alveston, gridando e gridando. Grazie a Dio la grata era aperta. Mise fuori la testa e un paio di mani forti lo afferrarono per le spalle. Urlò di nuovo. Era stato preso! Fu trascinato fuori dal tubo e crollò sul pavimento, ma immediatamente scattò in piedi: cercò di guadagnare la porta, ma qualcuno gli si parò davanti. Vi si scagliò contro, solo per rimbalzare indietro.

Indicò la grata e urlò: – Sta arrivando! Lasciami andare, sta arrivando!

Mr Alveston uscí dalla camera.

– È tutto nella tua testa, ragazzo, tutto nella tua testa, – disse, toccandosi la tempia col dito, come se fosse esperto in materia.

Un donnone era in piedi accanto a lui. – Allora, cosa sta succedendo qui? – chiese.

In trappola

Ancora terrorizzato, David cercò di allontanarsi dal muro tentando di fuggire verso la porta, ma era in trappola. Sis Parkinson stava di guardia, ringhiando. Mr Alveston gli fece un mezzo occhiolino.

– Dov'è andato il ragazzo? – chiese David.

– Ah, cosí ce n'è un altro, eh! – commentò Sis. – Come si chiama? Coraggio!

– Non è un ragazzo, è un fantasma! – Ma fu sufficiente uno sguardo per fargli capire che era perfettamente inutile. Nessuno gli avrebbe creduto. Come aveva previsto, tutta la colpa sarebbe ricaduta su di lui, solo su di lui.

– I fantasmi non bevono e non fanno pipí, – precisò Mr Alveston. A quell'idea gli venne da ridere, mentre a Sis stava montando la furia ogni secondo di piú.

– Tu, schifoso, egoista, piccolo... – cominciò, ma fu interrotta da qualcuno che bussava forte alla porta. Era il custode.

Sis aveva organizzato tutto, avendo capito. Le macchie nel cunicolo e sul muro indicavano che c'era sotto qualcosa; poi la vecchietta che abitava qualche porta piú in là e Mary le avevano detto che le cose strane succedevano di martedí e giovedí. Doveva essere per forza un bambino che s'intrufolava nel condotto, perché un adulto non ci sarebbe mai riuscito: di conseguenza l'orario piú probabile era il pomeriggio, dopo la scuola, di martedí e giovedí.

Lei e Mr Alveston avevano aspettato nel soggiorno, facendo attenzione a ogni minimo rumore. Quando l'avevano sentito, lei aveva avvertito il custode con il cellulare; questi era corso in cantina a prendere una di quelle lunghe aste ricurve che si usano per pulire la canna fumaria, e l'aveva infilata nel sistema di ventilazione, su su fino al quinto piano. Era stata questa asta a far crollare l'asse provocando il fracasso che David aveva sentito, e a proiettare l'ombra ossuta sul tubo centrale, gettandolo nel panico.

Come aveva detto Mr Alveston, era tutto nella sua testa.

– Sei davvero nei guai, ora, – sibilò Sis, riuscendo a stento a trattenersi dal mettere le mani addosso a quel piccolo delinquente.

– Che tipo di guai? – chiese David.

– Guai con la polizia! Spero che ti rinchiudano e gettino via la chiave. Spero che tu possa passare il resto della vita sballottato da un riformatorio all'altro, spero che ti mettano in custodia! Spero...

– Ma il fantasma? – piagnucolò David. – Io l'ho sentito. Mi ha obbligato lui a fare queste cose.

Sis aveva sibilato come un mucchio di vipere, ma a questo punto esplose. – Sei veramente un piccolo verme schifoso, – urlò.

Attraversò la stanza a grandi passi e si mise a fare strani gesti intorno alla sua testa: aveva la fortissima tentazione di prenderlo a sberle, ma siccome era dipendente dei servizi sociali sapeva che picchiare un bambino significava avere guai grossi. Perciò si limitò a colpire l'aria intorno a lui.

Poi il custode telefonò al papà di David che tornò subito dal lavoro. E ricominciò tutto l'inferno, con il papà che gridava come un matto: – Come hai potuto? Come hai potuto? Come hai potuto? – e supplicava Mr Alveston di perdonarlo. Fortunatamente per David, Mr Alveston, distrutto da quel gran trambusto, chiese a tutti di andare via per poter riposare un po'.

David, suo papà, Sis e il custode si avviarono verso l'ascensore.

– Bisognerà informare la polizia, – disse freddamente Sis a Terry.

– È proprio necessario?

– Per la miseria! Ovvio che è proprio necessario, cosa pensava? – strillò lei.

110

Terry impallidí. – Ma non possiamo risolvere la questione con gli assistenti sociali e cose del genere?

– Polizia. Servizi sociali. Pena capitale! Qualsiasi cosa! Tutto! Faccia solo in modo di tenere quel piccolo rospo schifoso lontano da me! E se lei fosse un padre normale lo picchierebbe fino a fargli il sedere a strisce!

Sis, incapace di rimanere ferma un secondo di piú, si precipitò verso le scale. Terry sorrise debolmente al custode, ma senza ottenere sostegno.

– Ha ragione, purtroppo. Si renda conto: avrebbe potuto uccidere quel povero vecchio –. E se ne andò pure lui. David e suo padre presero l'ascensore per scendere al piano di sotto ed entrarono nel loro appartamento. Nel soggiorno c'era la grata rivelatrice appoggiata per terra accanto al divano che David aveva usato per arrampicarsi.

– Scusa, papà, – disse David.

Suo padre non rispose. Poi, dopo cena, mentre stava lavando i piatti, David si accorse con orrore che il suo papà stava piangendo.

Non finí lí, ovviamente. Piú tardi si presentò la polizia.

– Violazione di domicilio e atti di vandalismo, tanto per cominciare, – esordí brutalmente l'agente.

– Andrò in prigione? – chiese David.

111

– Io lo spero, – rispose quello. E lo arrestò.

Il giorno dopo si presentò l'assistente sociale, Alison Grey, per vedere di che tipo di «sostegno» avesse bisogno David per superare il suo problema. Fecero una lunga chiacchierata sulla necessità di avere attenzione per il prossimo, di prendersi le proprie responsabilità eccetera eccetera. Il papà di David parlò a lungo del fatto che il bambino veniva preso in giro a scuola. Alison si mostrò comprensiva.

– Non è arrabbiata? – chiese David.

– Be', certo che lo sono. Hai fatto una cosa orribile. Ma il mio lavoro è aiutare, sai, non punire. Per quello c'è la polizia, no?

E comunque non sarebbe finita tanto in fretta. Ci sarebbero stati i rapporti degli assistenti sociali e vari test. Poi, raccolto tutto il materiale, ci sarebbe stato il processo.

Il papà di David era fuori di sé per l'angoscia. Non sapeva cosa fare, né cosa pensare, né cosa sentire. Non sapeva nulla, se non che era terribilmente in ansia per suo figlio. Era sicuro che fosse tutta colpa sua, perché si era trascinato cosí per tanto tempo, senza uscire mai, senza amici, senza una donna: la sua vita era finita quando sua moglie l'aveva lasciato. Per David doveva essere stata una tragedia vivere con lui! E si era cacciato nei guai, per forza.

Un paio di sere dopo, gli venne l'idea di sbirciare

nella camera di suo figlio per vedere se dormiva. Era molto tardi. Aveva provato ad appisolarsi, ma senza riuscirci, a causa di tutte le preoccupazioni che lo assillavano.

Si avvicinò silenziosamente alla porta, che era socchiusa, e sentí dei sussurri. Guardò dentro.

David era in piedi su una sedia di fronte alla grata del sistema di ventilazione. Le stava parlando! Ma Terry non riusciva a sentire le risposte, sentiva solo la voce di David che diceva:

– Non voglio, te l'ho già detto!

...

– Non piú.

...

– Scommetto che non sei capace di farlo da solo.

...

– Non dire queste cose! – quasi gridando.

...

– Non puoi costringermi. Lasciami stare! – piagnucolando.

– Oh mio dio, parla da solo, – disse Terry. Pur sapendo di fare la cosa sbagliata, aprí la porta ed entrò. David saltò immediatamente giú dalla sedia.

– Cosa sta succedendo? – domandò Terry con voce supplichevole.

– Niente!

– Niente? Stai parlando al condotto di aerazione!

– È solo un gioco.

– Cosa? Un gioco?

– Sí, un gioco. Gli racconto delle cose, – mentí David.

– Quali cose?

– Segreti!

– Segreti? Ma ti rispondeva!

– L'hai sentito?

– No, ma il modo in cui parlavi... Oh, David, cosa sta succedendo?

– Mi dispiace, papà, mi dispiace. Va tutto bene, va tutto bene. Non preoccuparti.

Terry lo riportò a letto e rimase con lui per un po'. Si sentiva distrutto. David era disteso accanto a lui, a disagio. Piú tardi, quando suo figlio si fu addormentato, Terry andò in salotto, salí su una sedia e si mise in ascolto vicino alla grata, ma non sentí altro che il soffio dell'aria nei tubi e i vari rumori ovattati provenienti dagli altri appartamenti.

David doveva cercare di fare amicizia con il vecchio signore. L'aveva deciso il papà. Era lui che aveva sofferto, e se avesse deciso che si trattava di una birichinata o di un equivoco, forse la polizia non l'avrebbe incriminato.

Sis Parkinson aveva detto a David di stare alla

larga da Mr Alveston, e la stessa cosa aveva ribadito l'assistente sociale Alison.

Un giorno, Terry incontrò il vecchio nell'atrio, e per quanto Mr Alveston non fosse proprio entusiasta – era cosí fragile che non poteva certamente reggere il confronto con un ragazzo, e nemmeno con un bambino – accettò di ricevere una visita di scuse da David, a patto che venisse anche lui.

Neanche David era entusiasta. Non aveva dimenticato che il vecchio poteva essere un assassino, anche se ora provava pena per lui. Chissà chi era stato quell'uomo, da giovane? Perché il fantasma lo perseguitava? Il mistero non era ancora stato risolto. Ma Terry insistette, cosí il giorno dopo, finita la scuola, David si presentò con il suo papà, e con cioccolatini, vino, fiori, e un invito a cena per il giorno successivo.

Il vecchio aprí la porta e si soffermò placidamente a squadrarli.

Era quasi inconcepibile che si potesse diventare cosí vecchi! David lo trovò raccapricciante. Biasciò le sue scuse mentre il suo papà rimaneva in piedi dietro di lui. Era difficile capire cosa stesse pensando quell'uomo: accettò i regali e l'invito. Poi indicò qualcosa dietro la schiena di David e, non appena lui si fu girato, gli piantò nel piede il suo bastone da passeggio, piú forte che poté.

– E questo per avermi spaventato. Ci vediamo domani! – urlò il vecchio, e gli sbatté la porta in faccia. Che male! David saltellò strillando e ululando. Sentiva Mr Alveston che sghignazzava da dietro la porta. Suo papà era compiaciuto.

– Ah, ha commesso un errore! Questa si chiama violenza su minore. Dovrà ritirare la denuncia adesso, o lo sistemeremo noi! – dichiarò Terry.

– Ma non è giusto! – protestò David.

– No, ma non è utile avere un asso nella manica, nell'eventualità che le cose dovessero andar male? Non ti pare? – ribatté Terry.

La sera dopo, quando il vecchio si presentò a cena, si scusò di aver fatto male a David e spiegò che aveva solo voluto vendicarsi, cosa che David poteva capire.

Il vecchio si sedette, tremando come un pulcino appena uscito dall'uovo, e David non riusciva a capire perché fosse stato tanto meschino con lui. Mr Alveston era cosí fragile da dovergli passare accanto in punta di piedi. Se qualcuno lo avesse urtato, avrebbe potuto rompersi o cadere e non rialzarsi piú.

– Ancora quattro anni e avrà cent'anni, cosí riceverà un telegramma dalla regina, Mr Alveston, – disse Terry.

Il vecchio sorrise. – Spero di no, – rispose, con la sua vocina sottile e tremula.

– Non vuole ricevere il telegramma della regina? – chiese David.

– Oh, quello non mi interessa. Non voglio arrivare a quell'età, non mi piace essere tanto vecchio.

– Sempre meglio dell'alternativa, – commentò Terry. Ovviamente intendeva la morte. Fece un sorriso tirato.

– Lo pensa davvero? Io però sono molto stanco. Tutti vogliono vivere per sempre, ma nessuno ama la vecchiaia –. Il vecchio sorrise a David. – Ma come potresti capire? Sei cosí giovane. Quando si diventa vecchi come me, le cose cambiano.

David era affascinato dalla conversazione. – Ma non vuole arrivare a cent'anni? – chiese.

– No, no. La vita mi ha già dato tutto quello che potevo desiderare. Sai, David, tutti ti spiegano come vivere, ma nessuno ti dice come morire. Tutte le persone che conoscevo quand'ero giovane sono morte, e anche quelle che ho conosciuto quand'ero già vecchio. E ora che sono cosí terribilmente vecchio, vorrei andarmene e raggiungerle.

Sulla tavola scese il silenzio. Terry giocherellava con la forchetta. Nessuno parlava mai di queste cose.

– Crede che esista il Paradiso? – volle sapere David.

– No. «Raggiungerle» è solo un modo di dire, la gente non ama parlare della morte, quindi usa

espressioni come «passare a miglior vita», «raggiungere i miei cari»... Ma, guarda, stiamo mettendo a
disagio tuo papà –. Mr Alveston gli fece l'occhiolino.
Sembrava gli piacesse turbare la gente. – Sei giovane, non devi preoccuparti di queste cose. Io ho tutta
la vita dietro le spalle, tu ce l'hai davanti. Non par-
liamo di morte, ti ho già punito abbastanza. Devo
chiederti una cosa: cos'è che ti ha fatto andare dentro le tubature?

– ... Non lo so.

– Dev'essere terribilmente buio lí dentro, non un
gran posto per giocare.

David lo fissò. Gli avevano già fatto la stessa
domanda suo padre, la polizia, l'assistente sociale. Perfino sua madre, Topsy, gliel'aveva chiesto,
quando l'aveva chiamato qualche giorno prima. A
nessuno di loro poteva dire la verità. Un fantasma!
Cos'avrebbero pensato? Che forse si stava inven-
tando una scusa. O che stava impazzendo. Magari
era anche vero.

Adesso, davanti a questo signore che era stanco
di questo mondo ed era già rivolto a quello futuro,
che sapeva cosí bene cos'è la vita da voler addirittura morire, David pensò che forse a lui avrebbe potuto dirlo. E chissà cos'avrebbe pensato! Ma Terry lo
avrebbe ascoltato, cosí David si limitò a sospirare e
ripetere che non lo sapeva.

Ebbe un'altra occasione piú tardi, però, quando suo padre andò a fare la crema per il dolce.

– Mr Alveston, – disse. – Lei crede ai fantasmi?

Mr Alveston lo osservò con i suoi occhi tremuli.

– Perché dovrei crederci? – chiese.

– Perché io ne ho visto uno. Nelle tubature. C'è un fantasma nelle tubature.

– Che tipo di fantasma?

– Un ragazzo come me.

Il vecchio ci pensò su, rimuginando. – Sei sicuro che non sia stato solo il buio a tirarti un brutto scherzo?

– L'ho visto, gli ho parlato. È lí dentro adesso –. David accennò all'apertura nel muro.

– Fantasmi, – commentò Mr Alveston, sorridendo. – Me lo chiedi perché pensi che potrei diventarlo presto?

David rifletté un istante. – Non si trovano spesso fantasmi molto vecchi, – disse.

Mr Alveston rise. – No! È vero, non se ne trovano. Fantasmi col bastone! Fantasmi con la dentiera! – Si sedette sulla poltrona e scoppiò in una risata sibilante. – Be', almeno non perseguiterò nessuno: ho usato tutto il mio tempo su questa terra, – disse.

– Ha mai visto un fantasma?

– I bambini sono sempre affascinati dai fantasmi. Be', forse sí. Ci sono state volte in cui ho creduto di averne visto uno, e sai cos'ho pensato? Che magari un fantasma è come un ricordo. Capisci? Noi siamo circondati da ricordi. Quando ascolti la musica, è il ricordo di qualcuno che suona; quando guardi un film, è il ricordo di qualcuno che si muove e parla. Le persone sono mille volte meglio delle macchine. Forse qualche volta noi riportiamo in vita i nostri ricordi senza volerlo. O magari i ricordi di altre persone, senza rendercene conto. Se ti accorgi che un ricordo è tornato in vita... be', quello è un fantasma. Mi segui?

David non ne era proprio sicuro.

Il papà tornò con il dolce – un rotolo di pan di spagna farcito – e la crema.

– E a quel punto rifarebbe la stessa cosa ancora e ancora, giusto?

– Non so. Gli esseri umani sono molto molto meglio delle macchine, – ripeté il vecchio. E sorridendo a Terry: – Suo figlio ha cose molto interessanti da dire.

– Ah, sí? – chiese Terry. Per la verità, il papà di David non l'aveva mai notato.

Mr Alveston cominciò a mangiare il dolce, ma a metà mise giú il cucchiaio e cominciò a fissare la sua coppetta. Quando David gli rivolse un'altra domanda non rispose.

– Mr Alveston? Mr Alveston? – fece David.

– Cosa? – rispose.

– Sono io, David. Mr Alveston?

– Sono... sono molto stanco. Molto stanco. Penso che sia ora di andare a casa –. Guardò David e fece una faccia strana, come se non sapesse bene cosa stesse succedendo o dove si trovasse.

Terry andò a prendergli il cappotto e lo aiutò a indossarlo. Prima di andarsene, Mr Alveston si girò verso David e lo guardò severamente. – Mi hai spaventato a morte, sai, – disse. – Pensavo di essere diventato matto.

– Anch'io, – rispose David.

Dopo aver riaccompagnato a casa Mr Alveston, Terry si congratulò con il figlio.

– Gli hai parlato, – disse. – Hai avuto una vera e propria conversazione.

– E allora?

– Una vera conversazione. Con me a malapena grugnisci. Perché con me non parli mai?

– Cosa?

– Mi piacerebbe che tu parlassi con me, ogni tanto, invece di limitarti ai monosillabi come fai sempre. Incredibile: una vera conversazione! – Terry non si era reso conto di quanto tempo fosse passato dall'ultima volta che lui e David avevano semplicemente chiacchierato di qualcosa. Era invidioso. – Una vera conversazione! – ripeté.

– Sta' zitto.

Il giorno dopo comparve un biglietto da sotto la porta, che li ringraziava per la cena e chiedeva se a David avrebbe fatto piacere qualche volta fare un salto per scambiare due chiacchiere.

– Magari puoi andare per qualche lavoretto, piuttosto, – commentò suo papà.

– Ok, – rispose David.

Amici

Durante le settimane successive, il tempo libero di David si ridusse praticamente a zero: il mercoledí pomeriggio dopo scuola doveva andare dallo psicologo dell'infanzia e il venerdí veniva a trovarlo l'assistente sociale, Alison Grey. A scuola le cose migliorarono, perché gli insegnanti vennero a conoscenza di ciò che era successo a casa, e cominciarono a tenere d'occhio i bulli. Grazie a tutte quelle attenzioni, David cominciò a sentirsi meglio, anche se c'era lo spettro della polizia che ancora aleggiava.

E il fantasma? Era ancora lí, dietro i muri? Da quando era stato scoperto, David aveva sentito il fantasma piangere ancora un paio di volte. Spesso aveva l'impressione che lo stesse aspettando per parlargli. Cercava di ignorarlo, ma alla fine cedette: doveva vederlo e parlargli, specie dopo la conversazione che Terry aveva sentito, quando il fantasma aveva cercato di convincerlo a tornare nell'appartamento del vecchio.

– Non voglio, te l'ho già detto, – aveva dichiarato David.

Il fantasma aveva risposto che a David piaceva andarci insieme a lui.

– Non piú, – aveva ribattuto David.

Il fantasma aveva minacciato di fare qualcosa di molto brutto, se David non fosse andato con lui.

– Scommetto che non sei capace di farlo da solo, – aveva affermato David.

Il fantasma aveva detto: – Lo ucciderò. O ucciderò te.

– Non dire queste cose, – era stata la replica di David.

– Devi venire, – aveva concluso il fantasma.

– Non puoi costringermi. Lasciami in pace! – aveva detto David.

Era terrorizzato all'idea che il fantasma potesse fare davvero del male al povero Mr Alveston. Magari l'avrebbe ucciso sul serio. E allora cosa sarebbe successo a David?

Alla fine, il problema si risolse da solo.

Un paio di giorni dopo, rientrando da scuola, trovò un muratore che stava intonacando l'apertura del condotto di aerazione del salotto. Ed era stata murata anche quella della sua camera. Piú tardi seppe che erano state chiuse anche quelle dell'appartamento di Mr Alveston.

David si chiese cos'avrebbe fatto il fantasma, bloccato lí dentro. Sarebbe rimasto intrappolato per sempre? Non era sicuro che mattoni e intonaco avrebbero tenuto lontano un fantasma, se avesse voluto davvero passare, ma quella notte, e quella dopo, e quella dopo ancora, il suo pianto flebile e la sua voce misteriosa non lo disturbarono. David cominciò davvero a sperare di essersene liberato per sempre.

Andava a trovare Mr Alveston due o tre volte la settimana, per passare l'aspirapolvere o fare un po' di spesa, o semplicemente per preparargli una tazza di tè. Il suo papà gli aveva detto chiaramente che doveva farlo, ma a dir la verità non gli dispiaceva, anche perché Mr Alveston era pieno di sorprese. Aveva vissuto una vita cosí lunga che era sempre traboccante di storie e di idee. Non si poteva mai prevedere come sarebbe stato: noioso, entusiasmante, tranquillo, brillante o semplicemente «fuori».

Una volta cucinò delle crocchette di pesce per cena, con farina, zucchero, ribes, scorza d'arancia a pezzettini e due scatolette di sardine.

David era ipnotizzato: non aveva mai visto niente di simile. Mentre aggiungeva le sardine, Mr Alveston gli sorrise in modo rassicurante, e David gli sorrise a sua volta, pur rimanendo piuttosto perplesso: forse si trattava di una vecchia ricetta tradizionale.

125

Mr Alveston non si rese conto di ciò che aveva fatto finché le crocchette non furono finite e messe in forno.

– Cos'è questo strano odore? – chiese. – Sembra che qualcuno abbia messo del pesce in una torta di frutta.

– Be', è esattamente quello che abbiamo fatto! – disse David, e cominciò a ridere. Ma Mr Alveston assunse un'aria cosí triste che smise immediatamente: per la prima volta si rese conto di cosa intendesse la gente quando diceva che era un po' fuori.

– Un altro attacco, – sospirò, gettando le crocchette nel cestino. – Oh, bene! Almeno uno di noi si è divertito, David.

Altre volte, però, non c'era molto da ridere, come quando trovò Mr Alveston mentre apriva tutti i barattoli che aveva nella credenza per cercare qualcosa che aveva perso, pur non sapendo cosa. David lo aiutò, anche se il vecchio lo chiamava Simon. Mr Alveston frugava con le dita nella marmellata, rovesciava tè e caffè sul pavimento per poi setacciarli con le mani. Aveva gli occhi lucidi e persi nel vuoto.

David lo aiutò per un po', poi andò a chiamare il suo papà, che aiutò Mr Alveston a rimettersi in piedi e a ripulirsi. David rimase molto turbato dalla scena del vecchio, ridotto in quello stato, che non sapeva chi e dove fosse e cosa gli stesse succedendo. Il giorno dopo era di nuovo normale.

126

– Sono un vero disastro, tanto quanto il tuo fantasma, – gli disse tristemente quando David gli raccontò cos'era successo. Era chiaro a tutti, addirittura a lui stesso, che non avrebbe potuto vivere da solo ancora a lungo.

Parlavano spesso del fantasma.

Mr Alveston aveva le sue storie: una, per esempio, era di quando viveva a Sidney, in Australia, dove un'ombra pallida aveva cominciato a passeggiare per il corridoio tutte le sere, alle otto.

– Veniva fuori dal muro, attraversava il corridoio e rientrava nella parete opposta, tutte le sere, per una settimana, – raccontava. – Alla fine scoprimmo che tanto tempo prima c'era un'altra casa nello stesso punto, quindi immagino che il fantasma stesse percorrendo il corridoio dell'altro edificio.

Un'altra storia era quella di un cane che abbaiava a qualcuno in un angolo dove non c'era nessuno.

Un'altra era di quando qualcosa l'aveva afferrato per una caviglia, mentre camminava in un giardino a tarda notte.

– Quando mi sono abbassato per liberarmi, non c'era niente, – spiegò. Però aveva dovuto rimanere fermo dieci o venti secondi prima che quella cosa lo lasciasse andare, senza avergli fatto alcun male. – Una cosa comune ai fantasmi è che non fanno mai del male, – osservò.

Ma, nonostante la sua età, lui non aveva una storia che potesse competere con quella di David. Un fantasma che parlava, un fantasma che distruggeva un appartamento, un fantasma che aveva una faccia. Chi aveva mai sentito una cosa del genere?

David non sapeva quanto effettivamente Mr Alveston credesse alla sua storia ma, da quel caro vecchietto gentile che era, lo aveva piú che perdonato: David gli piaceva. Mise una buona parola con la polizia, e spiegò che David passava spesso a fargli visita, che lo aiutava con la spesa e altre faccende. La polizia decise di non procedere e chiuse la faccenda con un richiamo. Tutto sembrava andare per il verso giusto, quando arrivò quella telefonata.

Erano le sette di sera di mercoledí, e Terry e David stavano cenando. David capí subito che era successo qualcosa di brutto, mentre suo papà metteva giú il telefono e si avviava a grandi passi verso la porta.

– Cos'è successo? – chiese David tremando.

– Mr Alveston è caduto.

Padre e figlio corsero su per le scale. La porta era chiusa a chiave, e sentivano il vecchio piangere sommessamente dall'altra parte. Terry aveva la chiave in tasca – Mr Alveston gliel'aveva data proprio per una tale eventualità – e aprí rapidamente la porta.

Era un disastro. L'intero appartamento era stato devastato.

Trovarono Mr Alveston per terra, sul pavimento della cucina, con la pelle grigia come la cenere; aveva del sangue sul viso e sulle mani, e stava tremando. Mentre Terry lo aiutava a sedersi su una sedia in salotto, piangeva dal male. L'appartamento era disintegrato: non c'era più un quadro sui muri, non un libro sulle mensole, non una decorazione o un vaso. Nemmeno i mobili erano stati risparmiati. Non c'era piú niente che fosse intero. Il pavimento era coperto di cocci di vetro e di porcellana, i cassetti erano aperti, il gas usciva dai fornelli: Terry annusò l'aria e si precipitò a chiuderli. Il tavolo era stato rovesciato, il frigo pure. David capí due cose all'istante: uno, che il fantasma era tornato, due, che la colpa sarebbe stata data a lui.

– Non sono stato io, – disse a suo padre.

– Non è stato lui, – confermò il vecchio.

Terry stava per chiamare l'ambulanza. – Lo sa per certo? – chiese rivolto al vecchio.

– Sí, e so anche che il ragazzo era ancora qui dentro quando sono tornato, – rispose Mr Alveston.

Terry chiamò l'ambulanza e, guardando suo figlio in modo strano, anche la polizia. Mentre Terry era al telefono, Mr Alveston fece cenno a David di avvicinarsi, si aggrappò alla sua spalla e lo guardò con un'espressione stravolta.

– L'ho visto, il tuo fantasma. È arrivato come un tornado! Pensavo che mi avrebbe ucciso, David.

– Grazie, grazie, – disse David. Era terribilmente sollevato e allo stesso tempo terribilmente turbato. Circondò delicatamente Mr Alveston con le braccia, lo strinse quel che poteva senza fargli male, e si mise a piangere.

La porta chiusa

– Quel piccolo, schifoso, viscido serpente. Rospo! Andar lí e accattivarselo; diventare suo amico; fare il carino, e tutto per mettersi in salvo! Che angioletto! E non appena le cose si sono sistemate, ecco che torna con i suoi amici e riduce l'appartamento in poltiglia. Mi fa schifo. Dovrebbe essere rinchiuso!

Sis Parkinson e Alison Grey erano in piedi in quel che restava dell'appartamento di Mr Alveston: nessuna di loro aveva mai visto un tale disastro.

– Non pensi che Mr Alveston avrebbe potuto ridurlo cosí da solo, vero? – chiese debolmente Alison Grey. – Sai, capita, qualche volta –. Aveva cominciato ad apprezzare David nelle ultime settimane e credeva che fosse amico del vecchio. Il pensiero che il ragazzo avesse potuto entrare e fare una cosa del genere scosse in profondità tutta la sua fiducia nella natura umana.

Sis aveva le lacrime agli occhi. – Come ha potuto? – si chiedeva.

I mobili erano stati ribaltati: una gamba era stata strappata via dal tavolino e usata per sfondare la televisione. Una lampada da tavolo di metallo era stata piegata a metà. I cassetti erano stati tirati fuori dalle guide e lanciati in giro, e tutto il loro contenuto sparpagliato come spazzatura. Sembrava che una terribile forza della natura, che avrebbe potuto manifestarsi in un deserto o sul fondo dell'oceano, si fosse scatenata lí dentro. Come avrebbe potuto un vecchio di quasi cent'anni fare una cosa del genere?

– Se fosse stato Mr Alveston, avrebbe dovuto avere una specie di pozione che si deve prendere quando si vuole ridurre il mobilio in pezzi. Vorrei averne un po' anch'io, a questo punto, – commentò Sis.

Alison fece una smorfia. David le sembrava un bravo ragazzo! – Ma avrebbe potuto farlo un ragazzino di dodici anni? Guarda! – Prese la lampada da tavolo e cercò di raddrizzarla facendo leva sul ginocchio. Non si mosse di un millimetro. – Non ci riesco io, figuriamoci un bambino!

Sis gliela prese distrattamente e la raddrizzò torcendola a mani nude, come se niente fosse.

– Avrà avuto un complice, – affermò. – Un ragazzo piú grande. Un adolescente! Probabilmente quello che ha visto Mr Alveston.

– Ma stava facendo il bravo! Lo dicevano tutti, a scuola, a casa, suo papà...

– Quel rammollito!

– I commenti dello psicologo erano eccellenti.

– Psicologi! Scusami. Non ho niente contro i servizi sociali, Alison, ma quel ragazzo non ha bisogno di parlare di sé per ore, ma di un bel giro di botte, ecco di cosa ha bisogno!

Suonò il campanello. Alison si fece strada tra i cocci mentre Sis cominciava a estrarre i libri dai rottami.

Erano David e suo padre.

Sis sentí le loro voci e si precipitò urlando verso di loro: – Tu! – gridò. – Sei entrato nelle sue grazie e poi sei tornato per fare ancora peggio! Fuori!

– Mr Alveston ha chiesto a David... – cominciò Terry.

– Non me la darai a bere! – abbaiò Sis. E ricominciò a menare le mani per aria facendo strani gesti, con la voglia incredibile di prenderlo e farlo a polpette.

– ... ha chiesto a David di portargli in ospedale un album di foto che era sullo scaffale, – terminò con fermezza Terry.

– Se pensa che quel bambino metta un piede qui dentro...

– Va tutto bene, Sis, calmati, – disse Alison.

– Io non sono un'assistente sociale, non sono tenuta a starmene con le mani in mano a guardare questo disgustoso piccolo psicopatico che cerca di rovinare la vita di un povero vecchietto...

133

– Va tutto bene, Sis. Ci penso io, – Alison si girò verso Terry. – Mi dispiace, ma non posso lasciarle portar via niente senza un'autorizzazione scritta.

– Me l'ha detto lui, – disse David.

Terry annuí. – Gliel'ha chiesto lui. Vuole controllare una cosa.

Alison sospirò. Era consapevole della presenza di Sis alle sue spalle, minacciosa come una SS. – Mi spiace, non potete portare via niente. Ma farò cosí: ditemi cosa volete e lo darò io a Mr Alveston –. Alzò la voce, per rassicurare Sis. – Se poi vorrà mostrarvelo o meno, sarà una sua decisione.

– Non dovrebbero farlo entrare in ospedale, – sibilò Sis. – Dovrebbe essere in prigione. Con gli altri delinquenti!

David provò un irrefrenabile desiderio di nascondersi dietro il suo papà, ma rimase fermo dov'era e spiegò che si trattava di un album di fotografie, di misura piú o meno A4, con una copertina rossa sbiadita. Poi se la batté.

Terry indugiò un attimo. – David dice che non è stato lui, e io gli credo, – disse con aria di sfida. – Quel vecchietto gli piace.

– Lei crederebbe a qualsiasi scemenza, – rispose Sis. – Se non è stato lui, conosce chi è stato. Non vorrà dirmi che è stata una coincidenza, no? Non vorrà dirmi che sono due episodi completamente scollegati

134

tra loro, che sono avvenuti nello stesso appartamento e lo hanno distrutto per puro caso, vero? Perché se sta cercando di dirmi questo, dev'essere ancora piú stupido di quanto sembri –. Gli voltò le spalle e tirò su quello che restava della cornice di un quadro, con i suoi pezzetti di vetro.

Terry si strinse nelle spalle. – Non è stato lui, – ripeté. Quindi se ne andò.

Terry sapeva soltanto che David diceva di non averlo fatto, e lo diceva anche Mr Alveston, e che non era il momento di dubitare di nessuno dei due. Ma nemmeno lui era sicuro di crederci.

Mr Alveston non si era fatto niente di grave. Era solo molto agitato e aveva qualche livido, ma niente di piú, e dall'aspetto sembrava che fosse in grado di rimettersi in piedi nel giro di una settimana o giú di lí. Ma non andò cosí.

Durante la notte si manifestò all'improvviso un'infezione polmonare. La mattina dopo si trasformò in una vera e propria polmonite. Si temette davvero che non sarebbe sopravvissuto fino alla fine della settimana.

David non riusciva a crederci. Quando era andato a trovarlo, il giorno dopo il ricovero, Mr Alveston era un po' pallido, ma non gli era sembrato molto malato. David gli aveva portato dell'uva e dei libri presi in prestito dalla biblioteca scritti in caratteri grandi, perché Mr Alveston non riusciva a leggere le scritte piccole. Avevano avuto una vivace conversazione sul fantasma e su quello che aveva fatto, e su cosa significava tutta quella faccenda. Mr Alveston era sicuro di conoscere il fantasma – o di averlo conosciuto in passato – ma per quanto si sforzasse non riusciva a ricordare chi fosse.

– La conoscevo, ne sono sicuro. Quella faccia mi era familiare quanto la mia. Ma è sparita, sparita completamente! Ora, non è strano?

Era stato in quel momento che il vecchio aveva chiesto di portargli l'album fotografico: era sicuro che lí dentro ci fosse una foto del fantasma. Forse anche il nome. Ma quando David tornò, il giorno dopo, per accertarsi che Alison avesse portato l'album, Mr Alveston stava cosí male che non gli fu permesso di vederlo. E poiché nessuno voleva dirgli cosa stesse succedendo, David pregò suo papà di telefonare.

Mr Alveston era in rianimazione.

– La polmonite è molto pericolosa per una persona di quell'età. Potrebbe non superarla, – disse Terry. – Non possiamo farci niente.

Come se non bastasse, la polizia era tornata a occuparsi del caso. Stavolta, però, la questione era molto piú seria: si presentò una poliziotta, apparentemente molto piú gentile di quella della volta precedente.

Voleva sapere dov'era David quando l'appartamento era stato distrutto.

– Al momento della telefonata era in casa con me, – rispose velocemente Terry.

– Non sono stato io questa volta, – insistette David. – Mr Alveston ve l'ha detto, no? Ha visto qualcun altro.

– Sí, ce l'ha detto, sappiamo che c'era un altro ragazzo, ma non sappiamo se fosse solo o no, David. A giudicare dal disastro, sembra probabile che sia stata piú di una persona.

Allora era cosí! Pensavano che ci fosse anche David, nascosto da qualche parte.

– La porta era chiusa a chiave, – continuò la poliziotta. – Le bocchette dei cunicoli erano state murate: chiunque l'abbia fatto deve aver chiuso la porta da fuori dopo aver finito. Sappiamo che il tuo papà ha una chiave, David. Conosci qualcun altro che ne ha una?

David si passò la lingua sulle labbra. – Non lo so, – rispose.

E si rese conto che nessuno gli avrebbe creduto.

– Pensaci, – disse con calma la poliziotta.

Ma cos'avrebbe potuto dire? Non poteva parlare del fantasma: chi gli avrebbe creduto? Questa volta era tutto molto peggio: il vecchio sarebbe potuto morire a seguito della caduta. C'era un termine per questo reato: omicidio preterintenzionale, appena un paio di gradini piú sotto di quello volontario.

David passò il resto della settimana in stato di shock, e anche Terry. Era abituato al fatto che David si mettesse nei guai, ma stavolta era diverso. Parlò con la polizia e con Alison Grey.

Alison fu rassicurante. – Mr Alveston ha detto che ha visto qualcuno, e che non era David, – disse. – La polizia ha preso le impronte digitali e analizzato l'appartamento: se David sta dicendo la verità non deve temere niente. Certo sarebbe importante riuscire a prendere quel ragazzo.

David pensò che non c'erano molte possibilità. Sarebbe stato il primo fantasma arrestato nel corso della storia della polizia! Se Mr Alveston fosse morto, chi avrebbe potuto difenderlo?

I giorni si trascinavano lenti: Terry chiamava tutte le sere. All'inizio della settimana Mr Alveston era in «condizioni critiche»; due giorni dopo in «condizioni stabili» e si pensava che stesse migliorando, ma la sera dopo era di nuovo in «condizioni critiche» e David era sicuro che non l'avrebbe piú rivisto. Ma poi tornò «stabile» e alla fine risultò che era in «netto miglioramento».

Era fuori pericolo: il peggio era passato. Ce l'avrebbe fatta. Dall'ultima visita di David erano passati dieci giorni.

Mr Alveston era adagiato sui cuscini come un pezzo di carne. Per quanto fosse piccolo, sembrava che il suo corpo fosse troppo grande per potersi muovere. Era tutto cosí lento. Quando muoveva gli occhi per guardare David sembravano fluttuare da una parte all'altra. Sollevava la testa come una tartaruga. Era come se fosse nato tanto, tanto tempo fa, e che avesse esaurito il tempo e le energie.

Salutò David e Terry con un sorriso e mise una mano sul bordo del letto per dire a David di sedersi lí. Terry rimase in piedi vicino a loro e guardò il vecchio, esitante.

– È bello rivederla, – disse. – Per un po' abbiamo pensato che l'avremmo persa.

Mr Alveston sorrise e sollevò una mano, fragile.
– Io voglio andare, – sussurrò. – Voglio davvero andare, ma non posso.

Terry assunse un'espressione comprensiva e gettò un'occhiata ansiosa a David: questi discorsi sul desiderio di morire, di fronte a suo figlio, lo mettevano in difficoltà.

– Oh! – Mr Alveston sfiorò la mano di David poggiata sulla coperta. – L'album. Immagino che tu fossi preoccupato che non avresti mai scoperto nulla. È sulla mensola, prendilo.

David si allungò verso la mensola accanto al letto e prese velocemente l'album rilegato in rosso che Alison Grey aveva portato a Mr Alveston.

– È alla quarta pagina. Lo riconoscerai non appena lo vedi.

David aprí alla quarta pagina, ed ecco la faccia del fantasma che lo guardava dalla foto.

Era in bianco e nero, vecchia e sbiadita, ma perfettamente nitida. Il ragazzo era in piedi davanti a un muro di mattoni, con una mano che teneva l'altro polso, lo sguardo rivolto all'obiettivo. Aveva i capelli corti sui lati e un ricciolo sulla fronte; portava un gilet, una camicia con le maniche rimboccate e pantaloncini che arrivavano alle ginocchia. Il suo faccino serio lo fissava attraverso il tempo, gli occhi un po' abbassati, come se la macchina fotografica lo mettesse a disagio. Faccia lunga, leggere occhiaie, denti larghi e squadrati.

Era lui, il ragazzo diventato fantasma.

– È lui, vero? – chiese Mr Alveston.

– Sí, è lui. Chi è?

– Non ne ho la piú pallida idea.

– Ma lei deve saperlo!

– Dovrei saperlo. Sono sicuro che lo sapevo, ma ora non piú. Sparito dalla mia mente. Ora ti racconto una storia. Ho, anzi avevo una memoria fantastica. Lo dicevano tutti. Non quel tipo di memoria che serve per ricordarsi le cose o i nomi o le date, ma le persone. Non dimentico mai una faccia. Ma quando provo a ricordarmi questa, non trovo niente. Soltanto un buco –.

Mr Alveston abbassò lo sguardo sulla pagina. – Come se qualcuno me l'avesse strappata via.

– Scusate, ma forse c'è qualcosa che io non so? – intervenne Terry. Non aveva afferrato niente di tutta la conversazione.

Mr Alveston sorrise e lo guardò dal basso. – Certo, il tuo povero papà non ha idea di cosa stiamo parlando. Be', vede Terry, abbiamo visto un fantasma. Sí, sí, ha sentito bene: un fantasma. David l'ha visto mentre giocava nel condotto di aerazione, e anch'io l'ho visto. È stato lui a distruggere il mio appartamento. Ah, ecco, vedo che non mi crede. Dopotutto, perché dovrebbe? Lei appartiene a questo mondo. Qualche volta i vecchi e i giovani vedono cose che la gente adulta non riesce a concepire. Gliel'assicuro, ogni singola parola che ho detto è vera. Vera –. Rise vedendo l'espressione di Terry. – Sono un vecchietto agli sgoccioli. Perché dovrei inventarmi una cosa simile?

– Certo, se lo dice lei, – disse Terry, ma stava pensando a una cosa seria. Stava pensando che se questo povero vecchio era convinto che fosse stato un fantasma a distruggergli l'appartamento, le possibilità che la polizia credesse al suo tentativo di discolparlo erano pari a zero.

– Non è poi cosí raro vedere un fantasma. Ma in questo caso c'è un problema che mi riguarda: sono sicuro che è questo fantasma che mi tiene bloccato in questo mondo. Ho vissuto molto a lungo. C'è solo una porta che devo riuscire a oltrepassare per lasciare questa vita, e questo ragazzo – questo fantasma – si è messo in mezzo fra me e quella porta. Desidero tanto arrivarci. Mi capisce? Oltrepassare quella porta è il mio ultimo obiettivo, e lui non me lo lascia fare.

Dopo quel discorso concitato, Mr Alveston riappoggiò la testa sul cuscino e chiuse gli occhi. Quella breve conversazione l'aveva sfinito.

– Guarda, stiamo spaventando il tuo papà, – sorrise, divertito. – Povero Terry! – Mr Alveston fece loro segno di avvicinarsi, cosí da poter sussurrare.

– Devo chiedervi un favore, a entrambi. Voglio che scopriate chi è il ragazzo della foto. Guardate nei miei album: ho molte foto, forse riuscirete a svelare il suo nome. Devo sapere chi è...

– Promesso, – disse David. – Ma deve dirgli di lasciarci entrare: l'ultima volta non ci hanno fatto prendere niente.

Mr Alveston annuí.

– Io gli darò una mano, – promise Terry, pur non credendo a una parola. – Ma posso chiederle una cosa?

Il vecchio alzò una mano, a mo' di assenso.

– Sa che la polizia pensa che sia stato David?

– ... certo che non è stato David...

– È solo che... forse non è una bella idea dire che il ragazzo visto... ecco... è un fantasma.

– Parlare alla polizia di un fantasma? Oh, no, non sono mica stupido. Ovvio che non dirò niente del genere. No, non si preoccupi. Gli racconterò... una storia convincente.

Terry sorrise.

Mr Alveston era un po' fuori, ma quand'era in forma era di una lucidità impressionante.

– D'accordo, – disse. – Ci sto.

Mr Alveston aveva bisogno di riposo. Disse a David di tirare fuori la foto dall'album e di portarsela via. Poi lo salutarono e se ne andarono.

All'uscita, Terry disse a David di andare avanti e aspettarlo alla macchina. – Devo scambiare due parole con la suora.

– Perché non posso venire anch'io?

– Perché in presenza di bambini spesso non dicono tutto, – spiegò Terry. Voleva sapere come stava effettivamente Mr Alveston.

La suora scosse la testa. – Potrebbe andarsene in qualsiasi momento, – disse. – A essere sincera, penso che sia quello che desidera. Noi possiamo solo cercare di farlo stare meglio. Non credo, però, che stia soffrendo, – aggiunse nel tentativo di confortare Terry.

Terry annuí, ma non era quella prospettiva a spaventarlo: era preoccupato per David, e si chiese se fosse il caso di dirgli che Mr Alveston stava per morire.

Come se non bastasse, era angosciato all'idea che suo figlio potesse finire in prigione.

Terry non credeva ai fantasmi, ma era un uomo di parola. Quando arrivò a casa, per prima cosa fece onore alla sua promessa e telefonò ad Alison Grey. Le comunicò il desiderio di Mr Alveston di scoprire chi fosse il ragazzo della foto; non accennò al fantasma, ovviamente, o alla strana storia del ragazzo che gli impediva di andarsene da questo mondo. Disse solo che era un ricordo con cui Mr Alveston aveva un conto in sospeso.

Alison rispose che avrebbe fatto il possibile, ma che non era sicura di volerli aiutare. Sapeva quanto Mr Alveston fosse amico di David: gliel'aveva detto lui stesso. Aveva visto David almeno una volta a settimana per un paio di mesi, e riteneva di conoscerlo abbastanza bene per dire che anche lui adorava Mr Alveston. Tuttavia era impossibile credere che l'ultimo attacco all'appartamento del vecchio non avesse niente a che fare con David. Era semplicemente una coincidenza troppo inverosimile.

La polizia le aveva detto in privato che era poco probabile che David venisse perseguito per l'attacco. A parte la testimonianza di Mr Alveston, secondo la quale era stato qualcun altro, c'era qualcosa di strano nel test delle impronte digitali: l'appartamento era coperto di impronte di dita infantili che gli investigatori erano sicuri appartenere a David. Ma quando le analizzarono, scoprirono che non erano sue, anzi sembravano addirittura quelle di Mr Alveston in miniatura. Impossibile! Probabilmente c'era stato qualche errore nei test. C'era, sí, qualche impronta di David, ma si riferiva di sicuro a prima dell'atto vandalico che aveva ridotto in pezzi l'appartamento. Ciò significava che non c'era nessuna prova e che quindi il caso sarebbe stato chiuso.

– Questo non vuol dire che non l'abbia fatto, – precisò l'ispettore ad Alison. – Ma solo che non possiamo provarlo.

Anche Sis era convinta della colpevolezza di David. – Vuole guardare tra le cose di Mr Alveston per rubare qualcosa, – sostenne quando Alison le disse della richiesta di David di guardare le foto. – Ecco perché hanno distrutto l'appartamento, per rubare qualcosa di valore.

Alison sospirò. – Ma Mr Alveston lo adora. Cosa posso farci?

– Quel ragazzo ha approfittato di lui.

– Mr Alveston non è stupido, – le fece notare Alison. – Nelle giornate buone è perfettamente lucido.

– Sí, be', devi ammettere che non sono molte quelle giornate, no?

Era vero.

Mr Alveston era guarito dalla polmonite, ma era rimasto intrappolato in una specie di strano limbo tra la vita e la morte. Passava un sacco di tempo a dormire, ma non era un sonno tranquillo. Sembrava che non fosse piú in grado di distinguere tra passato e presente, ed era difficile dire se stava parlando con la persona che aveva davanti oppure con un ricordo improvviso e particolarmente vivido che aveva preso il suo posto. Eppure, quando era cosciente era spaventosamente lucido.

– L'altro giorno mi ha detto che sembrava essersi perso in un immenso labirinto in cui passato e presente erano mescolati, – dichiarò Sis. – Era come andare avanti e indietro, su e giú, cercando di trovare la via d'uscita per il presente. E poi ha aggiunto, – Sis abbassò la voce perché quelle parole la spaventavano, – che il presente era sempre piú difficile da trovare.

– È il caso piú strano che mi sia capitato, – commentò Alison. – Non ho mai avuto a che fare con qualcuno che fosse in grado di esaminare cosí lucidamente quello che gli stava accadendo.

– Hai notato quanto lo agiti la sua infanzia? – chiese Sis. – Quando sono andata a trovarlo l'altro giorno, a un certo punto si è svegliato, mi ha guardato e ha detto: «L'ho persa, Sis». E quando gli ho chiesto che cosa avesse perso, ha risposto: «La mia infanzia. L'ho persa».

Alison si passò una mano sul viso, era a disagio.
– Forse per questo vuole che David scopra chi è quel ragazzo.

Sis confessò che le aveva già chiesto se David avesse scoperto chi era il tipo della foto.

– Sembra davvero che sia importante per lui, – disse Alison, e Sis dovette ammetterlo.

Alison temporeggiava con Terry e David non sapendo quale fosse la cosa migliore da fare. Poi Terry le telefonò, suggerendole di portare lei stessa quegli album, se non si fidava di David.

Due giorni dopo Alison suonò alla porta con una pila di album alta piú di mezzo metro fra le braccia, per la gioia di David.

– Sembra che Mr Alveston abbia fatto un sacco di foto nella sua vita, – disse.

Gli album erano gremiti di persone. Era incredibile che Mr Alveston avesse avuto una vita tanto piena e avesse finito per essere tanto solo.

Terry offrí tè e biscotti. Poi, seduti intorno al tavolo, iniziarono a esaminare gli album. Il lavoro si rivelò piuttosto lungo. Ogni tanto sembrava di aver trovato il ragazzo della fotografia, ma poi ci si accorgeva che non era lui. C'erano davvero tante foto di persone che gli assomigliavano, ma mai abbastanza.

– Deve essere un parente, – disse Alison, restringendo il campo di ricerca.

I vecchi album vennero aperti uno dopo l'altro, analizzati e messi da parte. Fu solo quando presero in mano l'ultimo, il piú vecchio, quello che conteneva le poche foto sbiadite di Mr Alveston bambino, che riuscirono nel loro intento.

Fu Terry a trovarlo. – Eccolo! – strillò. Dalla sua sedia David guardò la foto, ed eccolo il ragazzo che era diventato un fantasma, in piedi vicino a una bambina seduta in un carretto. Entrambi fissavano l'obiettivo della macchina fotografica, ed entrambi stavano sorridendo: il ragazzo timidamente, la bambina apertamente, deliziata.

– C'è il nome? – chiese Alison. Terry staccò la foto, ma sul retro non c'era scritto niente.

Ora avevano un'altra foto, ma non sapevano niente di piú. E la caccia riprese.

Alla fine della serata avevano ben cinque foto del ragazzo, ma non avevano ancora risolto l'enigma. E infine, ecco il colpo di fortuna. Questa volta fu David a scovare la faccia: era in una foto che avevano saltato perché era di gruppo, e poi la faccia era troppo piccola per essere notata.

Era una foto di famiglia, due adulti in spiaggia sulle sdraio, con i bambini intorno. Il ragazzo era in ginocchio con le braccia incrociate, e stavolta guardava

in cagnesco l'obiettivo; c'erano altri quattro bambini: due ragazzi più grandi, una bambina seduta sulla sabbia e un neonato sulle ginocchia della mamma. I nomi erano scritti sul retro: Charlie, Thomas, Eric, Ellen, Helen, Robert e Owen. Ma chi era chi?

– Charlie, Thomas, Eric, Robert o Owen? – chiese Terry. – Chi è?

Alison si chinò sulla foto. – Robert, – disse. – Si chiama Robert.

– Chi?

– Mr Alveston. Robert. Si chiama così. Oh mio dio! – Alison si portò una mano alla bocca. – Non può essere! Oddio, è spaventoso!

Ma era così. Confrontarono le fotografie di Mr Alveston nei vari momenti della sua vita. Ora che era così vecchio, la somiglianza non era evidente, ma con le altre fotografie sí: era esattamente la stessa faccia. Il fantasma era Mr Alveston stesso.

Alison si mise a piangere. Si asciugò gli occhi con un fazzoletto. – Dimenticare la propria infanzia, – gemette. – Che tristezza! – Poi sollevò gli occhi. – E l'aveva detto! Aveva detto di aver perso l'infanzia. Lui lo sapeva, lo sapeva!

E tutti e tre, lí seduti, sentirono il brivido del mistero correre giú per la schiena.

Mr Alveston e il fantasma

In questo mondo ci sono cose inspiegabili, e David si era imbattuto in una di queste.

Lentamente, tutta la vicenda cominciò ad acquisire un senso: era stato proprio Mr Alveston a dire che i fantasmi potevano essere ricordi. E non era quindi piú probabile che fosse il ricordo di una persona viva a diventare fantasma, piuttosto che lo spirito di un morto? Perlomeno i ricordi erano vivi.

Nella mente di Mr Alveston c'erano tutti i ricordi delle sue vite passate, ma uno di questi era uscito e si era allontanato: il bambino che era in lui.

Mr Alveston aveva perso quel ricordo in modo inimmaginabile, e ora il fantasma era in fuga. Non c'era da meravigliarsi che il fantasma si sentisse perso e che fosse spaventato dal vecchio che lo tratteneva in questo mondo. Alla morte di Mr Alveston, anche il fantasma sarebbe morto.

Il ragazzo aveva avuto la sua occasione per vivere, ma non lo sapeva. Era perso, perso nei meandri delle tubature di Mahogany Villas, e non riusciva a trovare la via d'uscita. Cosa sarebbe successo se il vecchio fosse morto prima che il fantasma fosse tornato a casa? Sarebbe stato condannato a vivere per sempre come un'ombra dietro i muri? E se Mr Alveston non fosse morto fino a quando il fantasma non fosse tornato dentro di lui? Sarebbe rimasto per sempre in quel letto d'ospedale fino a ridursi in polvere e ossa?

David capí subito che per il bene di entrambi – Robert Alveston vecchio e Robert Alveston giovane – l'uomo e il fantasma avrebbero dovuto riunirsi. E chi avrebbe potuto aiutarli?

David avrebbe dovuto rivelare a Mr Alveston ciò che aveva scoperto, ma non lo fece. L'idea di dirglielo lo terrorizzava. Alison, però, il giorno dopo andò a far visita al vecchio e sulla via del ritorno chiamò David per riferirgli un messaggio. Avendo saputo chi era il tipo della foto, il vecchio era rimasto affascinato, stupito, sbalordito, e pregava David di andare a trovarlo prima possibile.

– Ok, può andarci stasera, – disse Terry.

Quando David arrivò all'ospedale, non riuscí a entrare, rimase un po' a guardare le finestre silenziose che lo fissavano, e se ne andò.

Mr Alveston non poteva alzarsi per andare a prendere il fantasma, quindi qualcuno avrebbe dovuto portarglielo. Ma chi altri conosceva il fantasma? Chi altri era abbastanza piccolo da entrare nelle tubature per acchiapparlo? David sapeva perfettamente perché Mr Alveston voleva vederlo, e la cosa non gli piaceva proprio per niente.

Il fantasma era pericoloso.

Ogni volta che David era andato nel condotto era stato un disastro. L'ultima volta aveva cercato di impedirgli di uscire trattenendolo per la caviglia, e sicuramente David non sarebbe riuscito a scappare se non fosse caduto lungo il condotto. E se il fantasma avesse voluto intrappolarlo lí dentro per sempre? Lui, perso e solo, voleva un amico. Se David fosse morto nelle tubature, ce l'avrebbe avuto eccome, un amico, un amico che non se ne sarebbe andato mai piú, un amico che sarebbe rimasto con lui per sempre. Ci sarebbero stati due fantasmi a Mahogany Villas. Mr Alveston non sarebbe mai morto, ma sarebbe diventato sempre piú vecchio, e David sarebbe rimasto in eterno lí dentro, in quei cunicoli stretti e bui.

Oh, no! David era contento che le bocchette fossero state murate e l'oscurità allontanata dai suoi occhi. Ma Mr Alveston? E il povero fantasma?

Passò una settimana. David pensava a chi potesse chiedere aiuto, ma non trovava nessuno. Chi gli avrebbe creduto? A malapena ci credeva lui. Sperava che Mr Alveston lasciasse questo mondo da solo, come desiderava cosí ardentemente, ma ogni giorno scopriva che era ancora vivo. I dottori e le infermiere scuotevano la testa e si meravigliavano di quanto fosse attaccato alla vita, e ogni giorno pensavano che la mattina successiva se ne andasse. Ma il mattino arrivava e lui era ancora lí, pallido e immobile e grigio e stanco sui cuscini, ad aspettare che David andasse a trovarlo.

– Non posso crederci! – sibilò Terry quando lo scoprí. – Piú di una settimana! Messaggi che ti supplicavano di andare a trovarlo, praticamente tutti i giorni, e tu ancora non ci sei andato! Come hai potuto? Dopo tutti i problemi che gli hai procurato e tutto l'aiuto che ti ha dato? Come hai potuto?

– Non è una mia visita che desidera, – borbottò David, forse un po' a se stesso. Ma il suo papà era troppo occupato a tagliargli la paghetta, vietargli la tele e metterlo in punizione per le settimane a venire, per ascoltarlo.

– E se non ci vai stasera ti strangolo. Personalmente. Con le mie mani! – Terry mostrò l'atto con le sue bianche mani da ottico sotto lo sguardo disgustato del figlio, e se ne andò in cucina a grandi passi a preparare la cena.

David non sarebbe tornato nel condotto per tutto l'oro del mondo, qualunque cosa gli avesse detto Mr

Alveston. Avrebbe potuto, forse, affacciarsi appena e scambiare qualche parolina...

Ma dove? Le aperture nell'appartamento erano state murate. Il corridoio fuori era troppo trafficato. David, però, conosceva un altro posticino da cui poter accedere senza essere visto.

Non tutti gli appartamenti di Mahogany Villas erano abitati. Alcuni erano vuoti da tantissimo tempo e versavano in un tale stato di abbandono che nessuno aveva voglia di spendere soldi per rimetterli a posto. Erano chiusi con delle assi, ma ogni tanto qualcuno ci si intrufolava: senzatetto che cercavano un riparo per la notte quando faceva freddo, oppure ragazzini che avevano voglia di buttar giú qualche porta per cercare un posto dove passare il tempo.

Al terzo piano ce n'erano diversi.

Il giorno dopo David salí con l'ascensore per dare un'occhiata.

Neanche a dirlo: a metà corridoio c'era una porta sfondata che si apriva su una stanza buia. Si avvicinò cautamente ed entrò: un disastro. David vide un mucchio di lenzuoli per terra e i resti di un fuoco in un secchio, in mezzo a lattine di birra e spazzatura; c'erano dei fiori di plastica su uno scatolone, e sul muro qualcuno aveva disegnato con i gessetti un dragone rosso, giallo e blu. Puzzava di sporco, di birra vecchia, di corpi non lavati e di urina. Il dragone spalancava le ali su tutto. La stanza sembrava deserta.

David accostò l'orecchio al muro sotto l'apertura, ma non sentí nulla. Trovò una vecchia sedia e la spostò contro la parete per salirci. Non c'era nessuna grata: le viscere nere dell'edificio si aprivano sull'appartamento come una voragine di tenebra. Prima di guardare dentro, David gettò un'occhiata alle spalle. E se il fantasma fosse scappato? Se fosse stato lí ad aleggiare nell'appartamento, in quel preciso momento?

Non c'era niente. David mise dentro la testa.

Era come infilarsi in un'enorme conchiglia. Quelle che sentiva erano voci lontane o i movimenti del fantasma che si avvicinava? In quello strano mondo di nulla era sicuro, tranne una cosa: non voleva farlo.

– Ehi? – provò piano. – Ehi? Ci sei? Mi senti? – Non ci fu nessuna risposta.

David rimase sulla sedia, con la testa nel cunicolo, per tanto tempo. Continuava a ripetersi che se avesse sentito anche un solo sussurro sarebbe uscito per non tornare mai piú. Ma alla fine fece quello che aveva sempre saputo di dover fare. Scivolò dentro e cominciò a farsi strada nei tubi verso il fantasma.

Era stretto, lí dentro. Suo papà diceva sempre: «Sei cresciuto», ma stavolta era vero, e David aveva paura di rimanere incastrato. Oh, quello sí che avrebbe fatto felice il fantasma! La sola idea gli fece venire i brividi dalla testa ai piedi. Si fermò e pensò di tornare indietro. Ma ora che era entrato era intenzionato ad andare fino in fondo, in un modo o nell'altro. Continuò a strisciare, sempre piú in profondità.

Nel giro di poco, arrivò al tubo centrale. Ora doveva arrampicarsi per due piani e arrivare all'appartamento di Mr Alveston. Puntò la torcia in alto, ma non riuscí a vedere molto lontano: il fascio di luce si fermava contro l'asse che aveva usato come ponte. Doveva essere ricaduta lí dopo che il custode l'aveva urtata.

Quando abbassò la torcia, la luce illuminò perfettamente il baratro, giú fino a terra: niente gli avrebbe impedito di cadere.

David si fermò. Doveva uscire. Doveva recuperare un altro pezzo di legno o riuscire ad arrivare al suo piano, dove il baratro era già stato bloccato. Ma era troppo tardi: ormai era entrato. Se fosse andato via in quel momento, non sarebbe mai tornato indietro.

David si mise la torcia nei jeans, si afferrò al bordo cercando di non pensare a quel precipizio mortale che si apriva sotto di lui, e cominciò a tirarsi su. Non era salito di piú di due metri quando sentí un rumore improvviso sopra la sua testa. Con un brivido di terrore, David alzò lo sguardo: l'asse sopra di lui scomparve con un colpo secco, e si ritrovò a guardare il fantasma dritto in faccia senza preavviso.

David era terrorizzato a tal punto che, appeso lí nelle tubature, indifeso, con il fantasma sopra e un buco di quasi sei piani sotto, non riusciva nemmeno a pensare, figuriamoci a parlare. Sentiva l'asse che precipitava sbattendo rumorosamente contro i tubi, fino al cuore dell'edificio. Illuminata dal riflesso sinistro della luce della torcia che rimbalzava sul nudo metallo dei cunicoli, la faccia del fantasma sembrava ora lontanissima, ora cosí vicina che avrebbe potuto chinarsi e morderlo. David vedeva i piccoli denti luccicare come pietruzze bianche nella bocca.

– Tu mi hai abbandonato, – sibilò il fantasma. – Al buio! Mi hai lasciato solo.

David deglutí e cercò di recuperare la voce. Cosa poteva dire? Aprí la bocca e la parola saltò fuori senza che ci avesse nemmeno pensato.

– Robert, – disse.

– No! – gridò il fantasma. – No, non io, lui! Non chiamarmi cosí! Non osare chiamarmi con il suo nome!

– Robert Alveston, – disse David, cercando di controllare la sua voce perché non tremasse. – Ecco chi sei. O no?

– Tu... tu... non osare! – urlò il fantasma, folle di paura e di rabbia. – Non chiamarmi cosí! Te la faccio vedere io! Te la faccio vedere io! Non uscirai vivo di qui!

E si avventò contro di lui come una tonnellata di mattoni.

Essendo un fantasma, non ebbe bisogno di toccarlo. Gli si avventò semplicemente contro. Ci fu un'improvvisa folata, e poi una forza fredda e dura lo schiacciò.

David cominciò a retrocedere: il fantasma era forte come una macchina e lui capí all'istante che non avrebbe potuto fare niente per resistergli. Si oppose come poté, strinse i denti e si impuntò, ma senza risultato: sembrava una bolla che venisse lentamente spinta giú in una cannuccia. Gli si stavano spellando le mani per l'attrito, ma era tutto inutile: un secondo piú tardi sarebbe stato allo sbocco del terzo piano, non avrebbe potuto aggrapparsi a niente e sarebbe precipitato per i tubi fino a schiantarsi per terra. Morte certa.

– Non mi lascerai mai piú! – urlò il fantasma, infuriato. – Scoprirai cosa vuol dire essere intrappolato qui dentro! Vedremo quanto ti piace!

David sentiva già che il cunicolo stava finendo. Preso dalla disperazione aprí la bocca e gridò.

– Non farlo! – urlò.

Sopra di lui il fantasma rimase senza fiato, e cadde. Era come se aprendo la bocca avesse spalancato una voragine.

Continuando a urlare, David chiuse gli occhi e si irrigidí, serrando le mascelle di scatto. Per un attimo percepí il fantasma che si agitava sopra di lui come un'ombra gelida e dura. Poi aprí la bocca per urlare di nuovo e – pop! – quello cadde dritto dentro di lui. Sentí che sfiorava le sue mascelle. Chiuse la bocca di colpo e strinse i denti con forza.

Silenzio.

Un attimo prima il vento infuriava intorno a lui, e quello dopo regnava la calma. David rimase lí ancora un secondo, in equilibrio sul bordo del baratro, cercando di immaginarsi cosa sarebbe potuto succedere. Ma non successe niente. Lentissimamente, si tirò fuori dal tubo verticale e si infilò in quello orizzontale, finalmente al sicuro, inspirando l'aria dal naso per tenere la bocca ben chiusa.

David rimase cosí per una decina di minuti, in attesa. Sembrava davvero che avesse bloccato il fantasma dentro di sé. O forse era stato il fantasma a impossessarsi di lui? Chi era chi?

– Io sono lui? – si chiese David. – O lui è me?

Non lo sapeva.

Si mise cautamente carponi, poi cominciò a farsi strada strisciando nel tubo: non aveva idea se fosse lui o il fantasma a strisciare nel tubo e poi a passare attraverso la grata del terzo piano e a spuntare nell'appartamento abbandonato. Si spazzolò i vestiti... o era il fantasma a farlo? Poi qualcuno che gli assomigliava, se non era lui, uscí dall'edificio e si diresse verso l'ospedale.

Era David che andava a salvare il vecchio, o il fantasma che andava a ucciderlo?

Non aveva mai provato una sensazione cosí incredibile: non sapere se era lui stesso o qualcuno completamente diverso. Erano suoi i piedi che camminavano, o quelli del fantasma? Che differenza c'era fra loro due, dal momento che ora erano la stessa persona? E guardando le persone e le cose intorno a lui – le macchine, i negozi, le case, la gente che correva di qua e di là – David cominciò a pensare che forse non era proprio niente. Dopotutto che differenza c'era tra lui e tutto ciò che lo circondava? Cos'era a renderlo se stesso, distinto e separato dal resto?

Si fermò e osservò un sasso sotto la sua scarpa. Si chiese se lui non fosse quel sasso, e se David Withington non fosse solo un sogno. «Sono io che lo sto guardando, o è David che sta guardando me?» pensò. Ma scosse la testa e, spaventato all'idea che quei pensieri potessero fargli dimenticare per sempre cosa significava essere se stesso, riprese a camminare con una gran paura che potesse trasformarsi in un fantasma, o in un sasso della pavimentazione o in un mattone di un muro, e che David Withington potesse scomparire per sempre.

All'ospedale l'orario di visita era quasi finito. Sis Parkinson stava parlando con un'infermiera, dopo aver fatto visita a Mr Alveston.

Lui aveva trascorso una delle sue giornate migliori, ma era diventato l'ombra dell'uomo che era stato. La cosa piú triste, quella che piú turbava Sis, era il modo in cui continuava a esistere senza volerlo. Le aveva detto un milione di volte che desiderava soltanto lasciarsi morire.

– Non gli si può dare torto, – commentò Sis. – Che Dio ci aiuti a capire qual è il momento di andarcene. Ma quaggiú non c'è nessuno che ci aiuta a trovare la strada!

– Né qualcuno è mai tornato indietro a spiegarci come si fa, eh? È un peccato. Non possiamo aiutare le persone a morire: il nostro compito è cercare di farle rimanere in vita, – rispose l'infermiera. – Possiamo soltanto cercare di rendergli questi giorni meno dolorosi, e lasciare che faccia da solo. Tutti ci aspettavamo che morisse settimane fa, ma sembra proprio che non riesca a fare l'ultimo passettino.

Sis annuí. Fu in quel momento che vide quella peste, David Withington di Mahogany Villas, che camminava lungo il corridoio, con uno sguardo distaccato, dritto verso la camera del vecchio. Lui vide che lo fissava, e si precipitò nella stanza di Mr Alveston prima che lei potesse dire una sola parola.

– Guarda quello! Faccia di bronzo. L'orario di visita è terminato. Ci penso io a sbatterlo fuori, lasciamo che quel poveruomo riposi serenamente, – annunciò. Ma l'infermiera la fermò: – A lui piace quel ragazzo, concediamogli cinque minuti per stare insieme, – disse.

Sis fece una smorfia disgustata. – Fosse per me, non lo farei nemmeno entrare qui. Sono tutti troppo permissivi con quel ragazzo, – affermò, guardando verso la porta. – Potrebbe fare qualsiasi cosa. Rubargli la frutta, o le medicine: non mi stupirei di nulla, quello lí è capace di qualunque cattiveria.

Nella stanza, David era in piedi di fianco al letto, con un sorriso timido. Il vecchio girò lentamente la testa sul cuscino e ricambiò il sorriso. Per la prima volta da quando era uscito di casa, David aprí la bocca.

– Eccomi, scusi il ritardo, – disse.

Mentre parlava, David sentí due voci che dicevano la stessa cosa; e accanto a sé vide il fantasma che osservava il vecchio.

163

Mr Alveston sorrise, ma sembrò non capire chi fosse il fantasma e chi David. – Sí, sí, sapevo che saresti tornato a casa, – disse.

Il fantasma cercò di girare la faccia per guardare David, ma non riusciva a staccare gli occhi dal vecchio. Mr Alveston mise una mano sulla coperta per farlo sedere vicino a lui.

– Siediti qui, vicino a me, – lo invitò. – Sai che appartieni a me?

Il fantasma, ben visibile ora, un ragazzo pallido di otto o nove anni, fece due passetti incerti attraverso la stanza e si sedette dove gli era stato indicato.

– Ecco qui, – cominciò Mr Alveston. Prese la mano del ragazzo. Quello si girò a guardare David, e David gli sorrise. Sembrava tranquillo. Lentamente, si distese sul letto di Mr Alveston, e cominciò a svanire davanti agli occhi di David. Semplicemente rimase fermo e si dissolse nell'aria. Successe tutto piuttosto in fretta, nel giro di un minuto. Quando fu completamente sparito, Mr Alveston sorrise come un angelo.

– Ora mi ricordo tutto, – annunciò.

– Era lei, vero? – chiese David.

– Era me, tutto il tempo.

Mr Alveston lo guardò in modo assente e scosse la testa, pensoso. Poi si rilassò sul cuscino in silenzio, e dolcemente si addormentò.

David rimase per un po' a guardare il torace del vecchio che si alzava e si abbassava, si alzava e si abbassava. Sapeva che non si sarebbe piú svegliato. Improvvisamente, in piedi accanto al suo letto, scoppiò in lacrime. Ma se fossero lacrime per sé, o per il ragazzo, o per Mr Alveston, non avrebbe saputo dirlo.

Indice

LUPO SABBIOSO. L'INCONTRO
Åsa Lind, ill. Alessandro Sanna
ISBN 978-88-95818-19-1
Età: da 5 anni

TSATSIKI E MA'
Moni Nilsson, ill. Alessandro Sanna
ISBN 978-88-95818-20-7
Età: da 8 anni

Un lupo di sabbia dorata
e una bambina curiosa che
fa tante domande. Sono questi
i protagonisti di un'amicizia
straordinaria ed esclusiva che
nasce in riva al mare, dove
la bambina vive con i genitori,
e si consolida in un rapporto
leale fatto di giochi, di sogni,
di aspettative, di domande.
Sorretta dalla saggezza e dall'ironia
di Lupo Sabbioso, la bambina
vince le sue paure, supera le sue
incertezze e affronta con coraggio
le difficoltà del crescere.

Tsatsiki, sette anni, occhio
vispo, battuta pronta,
ha un unico grande
amore: la sua
mamma che lui
chiama Ma'. Una
mamma unica,
speciale che sa
colmare il vuoto di
un padre, pescatore di polpi, che
Tsatsiki non ha mai conosciuto.
Una madre che, con entusiasmo,
ironia e umorismo, trasforma
il rapporto col figlio in
una lezione d'amore.

MIO PAPÀ SUPERMUSCOLO
Lina Lundh, ill. Sara Not
ISBN 978-88-95818-22-1
Età: da 8 anni

LUPO SABBIOSO. L'AMICO
Åsa Lind, ill. Alessandro Sanna
ISBN 978-88-95818-21-4
Età: da 5 anni

Chiamarsi Lisetta – che fa rima
con puzzetta – è una bella sfortuna,
specie se si hanno compagne di
scuola antipatiche. Ma un giorno
in classe arriva una bambina con
una benda su un occhio, Kemira, e
Lisetta è felice di avere qualcuno con
cui giocare. Qualcosa però va storto,
e non è piú come prima. Per fortuna
Lisetta ha un papà specialissimo.
Ascoltando i suoi consigli, Lisetta
saprà riconquistare l'amicizia
perduta.

Zackarina, la bambina che abita
nella casetta in riva al mare, e Lupo
Sabbioso tornano a far sognare
con le loro avventure. Perdersi
nella nebbia, imparare a nuotare,
riconoscere un vero amico: nessun
problema! Lupo Sabbioso trova
sempre la soluzione. A volte basta
una semplice poesia, o pensare
all'azzurro del cielo. E se gli
adulti non riescono a
vedere le storie che si
nascondono intorno
a loro, pazienza: un
modo per raccontarle
si troverà di sicuro.

TSATSIKI E PA'
Moni Nilsson, ill. Alessandro Sanna
ISBN 978-88-95818-28-3
Età: da 8 anni

TERREMOTO
Ermanno Detti, cop. ill. Gianni De Conno
ISBN 978-88-95818-40-5
Età: da 12 anni

Finalmente in Grecia! È tanto che Tsatsiki aspetta di conoscere il suo papà pescatore di polpi, ma non aveva mai pensato di ritrovarsi d'un colpo anche nonni, zii e cugini! Oltretutto, suo padre è molto diverso da come se l'aspettava. Per fortuna c'è Elena, la cugina coraggiosa che gli insegna a rubare le angurie piú buone del mondo e a capire che i papà sono come sono. Ma le avventure non finiscono qui!

La vita può finire in una notte… e la vita di Marina, tredicenne vivace e intelligente, in un attimo viene disintegrata. La notte del terremoto, che distrugge la sua casa e la sua città, Marina scopre che i suoi genitori non sono i suoi genitori biologici. Scampata al disastro, fugge terrorizzata e confusa lontano dalla sua città e dal suo mondo, verso l'ignoto. Riuscirà a ricostruire la sua vita e a ritornare nella città che l'aveva vista felice? Una storia dei nostri giorni raccontata con grande umanità.

per saperne di piú sui prossimi libri
della collana ❧ bohem**racconta**

per conoscere bohem press Italia

per scaricare il catalogo

visita il nostro sito

www.bohempress.it

crescere con i libri

❧ bohem press

Finito di stampare nel mese di gennaio 2011
per conto di Bohem Press Italia,
presso Rubbettino S.r.l., Soveria Mannelli (Catanzaro)